어디에 있는가,

나의 날개,

나의 노래는

시인 김남주 헌정시집

어디에 있는가, 나의 날개, 나의 노래는

초판 1쇄 발행 • 2012년 5월 24일

지은이 • 백무산 외 57인
펴낸이 • 황규관
기획 • 고봉준 김수이 박수연 엄경희 홍기돈 황규관
책임편집 • 엄기수
편집 • 김영숙 박지연 노윤영 윤선미

펴낸곳 • 도서출판 삶이보이는창
출판등록 • 2010년 11월 30일 제2010-000168호
주소 • 150-901 서울시 영등포구 영등포2가 94-141 동아빌딩 402호
전화 • 02-848-3097 팩스 • 02-848-3094
홈페이지 • www.samchang.or.kr

출력 • 태동
인쇄 • (주)신화프린팅코아퍼레이션
제본 • 국일문화사

ⓒ 백무산 외 57인, 2012
ISBN 978-89-6655-009-8 03810

詩 人
김 남 주
헌 정
시 집

백 무 산
外
5 7 人

어디에 있는가,
나의 날개,
나의 노래는

삶이보이는창

김남주 헌정시집을 펴내며

김남주 시인과 세상을 달리 산 지 스무 해가 다가옵니다.

이 헌정시집은 이승의 시간관념으로 기획되지는 않았으나 분명 이승의 어떤 사정과 깊이 연관되어 있습니다. 시인이 감옥에서 나와 감당해야 했던 치욕이, 지금은 아예 일상이 되어버린 것과 말입니다. 어떻게 보면 김남주 시인을 이승에 다시 불러내는 일은 그에 대한 예의가 아닐지도 모릅니다. 하지만 우리는 그를 다시 떠올리지 않고서 현재를 인내하기가 쉽지 않음을 알았습니다. 동시에, 지난 시간을 돌이켜보니, 그를 너무 까마득히 잊고 살아왔음이 뼈아팠습니다. 우리가 아주 낡은 시간을 기어 왔음을 깨닫자마자 김남주 시인을 이승으로 부르지 않을 수 없었던 겁니다.

한국작가회의 자유실천위원회의 2011년도 사업이라는 모양새를 가졌지만, 가능하다면 그것과는 상관없이 많은 시인들이 참여해주기를 희망했습니다. 그러나 희망이라는 것이 실질적으로 가능하려면 우리가 처한 조건을 꾸밈없이 헤아리지 않을 수 없었습니다. 먼저 김남주 시인의 시대에 대한 후일담을 경계할 필요가 있었고, 사적인 관계에서 파생되기도 하는 감정의 노출을 고민하지 않을 수 없었고, 추모시집으로만 오해받을 여지도 염려하지 않을 수 없었습니다. 그래서 최종적으로, 이런저런 우여곡절을 거친 모양새가 이렇게 되었습니다.

미래는 직접적으로 느낄 수 없기에 현재적 시점에서만 말한다면, 이 미증유의 시대에 시인의 감각은 어떻게 반응하고 있으며 어떤 방향으로 시가 움직이고 있는가, 그리고 시의 영혼에서 새어 나오는 노래의 양식은 어떠한 모습일까 하는 기대와 소망을 섞었는데, 이 모든 것에 대한 판단은 기획위원들의 몫이 아니게 되었습니다. 물론, 무슨 문학적 이벤트를 염두에 둔 것은 아니었습니다. 무엇보다도 오늘의 시인들에게 김남주라는 거울을 통한 혹은 김남주와 함께 보는 세계는 무엇일까 하는 게, 가장 설레며 기대한 점이기도 했습니다. 흔히 회자되는 것처럼, 시는, 혼자 쓰는 게 아니기 때문입니다.

이 계기를 통해 김남주 시인에게 바쳐지는 후배 시인들의 시적 심장은 동시에 우리의 현실을 향해야 할 것입니다. 특정한 양식이나 시에 대한 입장을 권하자는 게 아니라, 시가 현실세계를 떠나서는 존재할 수 없다는 너무도 당연한 문제에서부터 시작해서, 은폐된 혹은 감금된 진실을 향한 상상력이 치열하게 전개되어야 한다는 의미에서입니다. 아마도 이런 마음들이 전달되어 한국작가회의 자유실천위원회의 청탁인데도, 회원이든 아니든 흔쾌히 동참하셨으리라 생각합니다. 이 점이야말로 가장 김남주 헌정시집이라는 이름에 합당하리라 생각했습니다. 시인이 부르짖은 모든 노래와 구호와 투쟁의 밑바닥에는 원초적인 자유에 대한 갈망이 있기 때문입니다.

김남주론으로, 최애영 선생님의 「시적 자아와 영웅적 전사의 이중주」를 실었습니다. 최애영 선생님의 글은, 김남주 시인의 시를 시인의 무의식과 연계하면서 기왕의 비평에서 보지 못한 시인의 다른 세계를 탐색하지 않았나 싶습니다. 김남주 시인의 시를 화석화하지 않고 다시금 우리의 의식으로 불러들이는 데에 적합한 평문이라 생각했습니다. 재수록을 흔쾌히 허락해주신 최애영 선생님과 이 귀한 글을 찾아 소개해주신 염무웅 선생님께 감사드립니다.

역량이 여러모로 달려 시간이 너무 지났습니다. 질책과 별개로 함께하신 시인들께는 뜨거운 박수를 부탁드립니다.

2012년 봄, 한국작가회의 자유실천위원회

차

례

1부

2부

3부

나는 이렇게 노래할 수밖에 없습니다.

혁명은 나의 길이고 그 길을 걸으면서

시라는 것을 첨으로 써보게 되었다고

노동의 적과 싸우다 보니 노동의 이웃

농민과 함께 노동자와 함께 피 흘리며 싸우다 보니

시라는 것도 저절로 나오더라고

나는 책상머리에 쭈그리고 앉아 머리 싸매고

억지로 시라는 것을 써본 일이 없습니다.

내 시의 요람은 안락의자가 아닙니다.

투쟁입니다. 그 한가운데 소용돌이입니다.

안락의자는 내 시의 무덤입니다.

— 김남주 「시의 요람, 시의 무덤」 중에서

경하십니까 선생님, 낳습니다. 없뚱 수도 있겠지만
에서 그것도 처음으로 선생님께 편지를쓰 입니다.
합니다.

엊저녁에 (저
하게) 지내고 계신지요. 대구에 계신 줄은 호에서 선생님
르부터 알고 있읍니다. 건강은 좋으신지요 을 오매조매 하
선생님의 글을 접합니다만 자꾸 쓰신 의 평론에 많
아니더군요. 제가 미쳐 읽지 못한 것도 억러 먹고 있
지요. 솔직히 말씀 드려서 백낙청 들의 시들인
님 와 염무웅 선생님이 80년대에 제도 으셨을가 하
학원으로 복귀하신 것에 대해 러요런 불만 한 점도 였을
읍니다. 19세기 중엽 러시아에서 체르 일 연금은 일
프스키의 도블로류보프가 러시아 혁명의 선생님, 저
에 기여했던 역할을 (혁명력인) 두 가 있고 시
가가 해주기를 은근히 기대했기 때문입 겸손에서 나
기대했다기 보다는 1마땅히 그러했어 를 다른들의
햇겠지요. 두 분에서 그런 역할을 봉 던 값만을 그
는 특권은 아닙니다. 제도런 밖에 있 초부러 시를
면 보다 전투력으로 하실 수 있을러 읍니다. 최
하는 아쉬움이 남는 것이지요. 특 특히 염무웅
우리 역사에서 80년대가 그저는 비미는 러는 들 같고
난 것이 아니겠읍니까. 침묵은 죄입 되고 에이
그 저는 남히 말씀 드리고 싶습니다. 웅선생님을

는 장기수로서 건강한 편입니다.며 나는 사람
반벽이 되어 있는데 부끄럽습니다. 울려놓았을때
르 래래로 못하고 징역빨 잔뜩 살고 모르겠읍니다
것도 부끄럽고요. 그러나 무엇보다도 이것은 때
러한 것은, 죄송럽기까지 한 것은 오자 쓰라고 했
라 물량도 래래로 되어 있지 않고 먹었 서 못합니

공광규

푸어

푸어라는 어종이 인간 생태계를 위협하고 있다
워크푸어, 하우스푸어……

어류학자가 붙인 이름은 아니다
자본이 던진 낚시 바늘을 깊숙이 삼킨 어종이다

버스통에 담겨 통조림으로 팔려 가기도 하고
지하철통에 굴비로 엮여 실려 가기도 한다

좀 살찌고 때깔이 좋은 푸어는
한두 마리씩 승용차통에 담겨 특판 되기도 한다

권혁소

장백산 자작나무

사진으로만 보던 그 자작나무 숲에 든다
백두산에 가고 싶은 꿈은 아직 유효한데
나 백두산에 못 가고 중화명산 창바이샨에 간다
장군봉에 못 가고 천문봉에 간다
걸어서 못 가고 차를 타고 간다

일본 사진작가 구보타 히로찌가 백두산 사진전을 한 적
있었다. 〈한겨레〉는 그 사진을 받아 달력을 만들었다. 해가
바뀌고도 그 달력 내리지 않았다. 나 처음으로 그 일본인이
얼마나 부러웠던가. 아름드리 자작나무를 또 얼마나 그리워
했던가.

그런데, 그런데 장백산 자작나무여,
너마저도 자본의 유혹 앞에 치맛자락을 걷어 올린 것인가*
순결을 잃은 것인가
우측으로 우측으로 허리를 꺾는
21세기의 장백산 자작나무여

* 김남주의 시 「겨레의 마지막 순결 너 백두산 기슭이여」 일부.

김두안

숭어 秀魚

칼이 정수리를 내려친다
칼이 목을 따고 피를 빼낸다
칼이 비늘을 벗겨내고 지느러미 자른다
칼이 배를 가르고 창자와 뻘을 꺼낸다
칼이 살점을 도려낸다
칼이 비린내까지 쓱쓱 핥아 먹는다
칼이 죽음을 맛본, 싱싱한
칼이 볕을 쬐며 이빨을 드러낸다
칼이 도마 위에 거만하게 누워 있다

숭어 머리가 튀어 오른다
숭어 정수리 박살 난다
숭어 꼬리 파르르 떨며 휘어진다
숭어 비늘 사방으로 흩어진다
숭어 배 속 텅 빈다
숭어 목이 달아난다
숭어 아가미 최후진술을 한다
숭어 꼬리와
숭어 머리통 쓰레기통에 버려진다

김사이

온몸으로 우는 북

찬밥 남은 밥 가리지 않아야 하고
먹을 수 있을 때 먹어야 하고
배설되는 온갖 욕설과 성희롱을 견디면서
화장실 가는 것조차 눈치를 보네
늘 10시간씩 일하고도 허덕이는 생활
식당에서 일을 하는 나는 동네북
손님이 고용주가 가정이 사회가 때린다
사람이 아니니 맞아도 말을 못 하지

내게 꽃피는 시간이 있었던가
일용직 아줌마나 돈 벌러 날아든 이주민 아가씨나
비정규직 노동자에도 포함되지 못하는
사회가 외면한 나는 바람의 여자
허공에 소리가 뜨면 쫓아가야 하는
대기 번호
이모 땡동 엄마 땡동 아줌마 땡동 여기요 저기요 땡동

삶이 근육통 관절통으로
삐거덕거리고 절룩거린다

구석구석 축축하게 젖어 마르지 않는다
언제부터 아팠는지 어디서부터 아팠는지
노동을 한다는 것이 아픈 일인지도 몰라

온몸을 핥아대는 천대와 멸시의 눈빛들
그래 열심히 내 몸뚱이를 때려라
살아 있다는 것만으로 축복이라는 말 안 믿겠다
살기 위해 산목숨을 걸어야 하는 현실
참으로 향기 없는 시간이 흐르고 있다
참으로 치욕스러운 시간이 흐르고 있다

외로운 이웃들에게 환한 달빛으로 머물고
얼굴 색이 달라도 가진 것 없어도 차별받지 않는
네가 있고 나도 있는 오색 빛깔 꿈을 꾼다
덜 생산하고 덜 소비하고 덜 버리는
그것이 너를 외면하지 않는 내 삶이다
울어라 북아
온몸으로 저항하자

김수열

우리가 만약

— 김남주

우리가 만약
강정마을에 들어서는 군사기지를 용납한다면
강정마을은 물론이고
한라산 오름 오름이 군사기지가 될 것이고
한라산이 군사기지가 되면
한반도 금수강산이 군사기지가 될 것이고
한반도가 군사기지가 되면
동아시아의 아이들은
전장의 총알받이가 될 것이다

우리가 만약
강정마을에 들어서는 군사기지를 막아낸다면
강정마을은 물론이고
한라산 오름 오름에 평화의 꽃이 피어나고
한라산에 평화 꽃이 피면
금수강산 삼천리가 꽃물결을 이룰 것이고
금수강산이 꽃물결이면
동아시아의 아이들은
평화의 꽃노래를 함께 부를 것이니

선택하라
그것은 우리들의 몫이다

김은경

나의 꽃 나의 핀*

—강정마을

그녀의 뺨 위에서 빛나는 꿈과도 같은 것
그녀의 입에서 새 나오는 노래와도 같은 것
누구의 것도 아니면서
그녀의 그녀의 그녀의 가슴 위에 내리는
별과도 눈꽃과도 같은 것

시인이여
나는 심는다 그대 마른 가슴 위에 무덤 위에
강정의 구럼비 바위 위에 나는 심는다
평화의 파도를

그러나 누가 키우랴 이 파도를
이 바다를 누가 누가 와서 지켜주랴
귀신이 와서 귀신의 호곡號哭으로 키우랴
관광객이 와서 지켜주랴
누가 지키랴, 각하가 와서 각하의 부대가 와서 지켜주랴
무적함대가 와서 잠수함이
최첨단 전투기가 와서 지켜주랴

천만에! 나는 꽂는다
바다여, 바다가 되어 사는 뱃사람이여
나는 꽂는다 그대가 밀고 가는 모든 풍랑 위에 나는 꽂는다
숨비소리 거친 망망대해 위에
웃음소리 그친 강정의 지붕 위에
평화로 둔갑한 무기 위에
붉은발말똥게를 짓밟고 설 해군기지 위에
영혼의 정류장 같은 수평선 위에 나는 꽂는다
나는 또한 꽂는다 그대가 부르짖는 모든 선진先進 위에
기도처럼 읊조리는 그대의 말씀 위에
모래 위에 미끄러지는 따개비 그 여린 순판 위에
돌멩이 하나도 아까운 평화의 섬 위에
고단한 발 쉬어 가는 일곱 번째 올레길 위에
그대 가슴 위에 심장 위에 나는 꽂는다
나의 꽃 나의 시침핀을

오 생명이여 자궁이여 눈물이여, 평화의 강정이여.

* 김남주의 시 「나의 칼 나의 피」를 변주함.

김태형

개구리
— 김남주의 「노래」에 바침

찬바람 늦은 밤에 창문을 조금 열어둔다
무슨 일인가 했더니
개구리들이 며칠 전부터 밤새 울어대고 있다
자기가 무엇인지 알 수 없어서
우는 소리 같다
울음처럼 바깥은 어둡고
흐릿한 내 얼굴만 창문에 비친다
저 울음이 그치고 나면
개구리들은 물웅덩이에 알을 낳을 것이다
자기가 무엇인지 알 수가 없어서
저렇게 밤새 울면서
또 자기를 낳을 것이다
나는 고작 어둔 창문에 비친 내 얼굴을
낯설게 들여다볼 뿐
책상 위에 켜둔 전기스탠드 불빛 아래
언제 들어왔는지
작은 날벌레 여러 마리 죽어 있다
불을 끄면 나도 벌레도
어둠 속에서 날아들지 못할 것인가

그래도 창밖의 개구리 울음소리 멈추지 않는다

김승강

새벽부터 내리는 비

　비야 내려라 억수같이 내려라 억수같이 내려 아침 일찍
집을 나서는 누이의 발길을 돌려놓아라 새벽에 꿈결에 깨어
어 비가 오네 하고 다시 미소 지으며 달콤한 잠 속에 빠지게
해라 비야 노동판을 전전하는 김 씨를 공치게 해라 무더운
여름 맨몸으로 햇빛과 맞서는 김 씨를 그 핑계로 하루 쉬게
해라 비야 내 단골집 철자의 가슴속에서도 내려라 아무도
모르게 가슴속에 꽁꽁 감추어둔 철자의 첫사랑을 데려다 주
어라 비야 내려라 내려도 온종일 내려 세상 모든 애인들이
집에서 감자를 삶아 먹게 해라 비야 기왕에 왔으니 한 사흘
은 가지 마라 그동안 세상 모든 짐은 달팽이가 져도 충분하
게 해라.

박성우

추석 무렵
—한진중공업 크레인 농성 251일차에 쓰다

한 여자와 네 남자가 공중에 떠 있다

지난 설에는 식솔들이 저 공중으로 세배를 올렸다
저들은 내내 공중에 떠 있었으므로
추석 아침엔 공중의 저들이 더 먼 공중으로 절을 올렸다

반짝반짝 하늘이 눈을 뜨기 시작하는 초저녁*
한 여자와 네 남자가 공중에 떠 있다 오사게도 가볍게 떠
있다

* 김남주의 시 「추석 무렵」에서 따옴.

문동만

제빙 기술자

베어지는 일은 기쁘다
그녀의 야무진 칼날에
관객으로서 단단한 얼음으로서
그녀에게 베이는 일은

예술이란 베어지는데
피가 나지 않는 것
실수하지 않는 쾌감에
베어지는 것

그러나 난이도 높은 기예가
고행이 매매되어버렸다
포박되어버렸다

매끄러운 죄의 기술로
수포되어 얼어버렸다
얼음보다 더 차가운 죄를 예술이 대속하였다

언제나 자본가들은 그런 일에 적격이었다

제빙 기술자들
아무 죽음도 주지 않은 것처럼
아무 위증도 하지 않은 것처럼

자그만 고운 얼굴 뒤에
부풀어 오른 죄의 얼굴을 숨기는 자들
공중 기예보다 더 월등한 제빙의 책략가들
또 하나의 가족을 죽이고
또 하나의 고객을 제조하는

오늘은 플러그를 찾아보자
그녀의 발에 찬 칼날에 기쁘게 베어진 다음
그녀의 미소에 화답한 다음
플러그를 빼보자

물이 녹으면 죽은 입, 산 입들이
동시에 떠오를 테니까

백무산
멈추게 하려고 움직이는 힘들

움직이는 모든 것이 흐르는 것은 아니다
멈춤을 위한 부단한 노력이
멈춤을 위한 열정적 활동이
흐르는 모든 것을 포식의 대상으로 삼는 힘들이 있다

밟고 있으려는 활동
움직이지 못하게 하는 움직임
흐르는 것은 두렵고 흐르는 것에 분노하는
쌓기 위해 쌓는 제방의 기술자들
흐르는 것은 모두 포획의 대상인,

절대를 향한 열광
무한 축적의 광적 욕망
미친 속도의 질주 열망
전쟁의 포화
권력을 향한 폭력 의지
흐름을 허망으로 만드는 힘들
흐름 위에 꽃을 피우지 못하게 하는 힘들
흐름 속을 날지 못하게 하는 힘들

흐름 속에서 흐름을 앞서가지 못하게 하는 힘들
잠자리의 날개 위에도
거미의 집 속에도
아이의 붉은 뺨 위에도
새들의 노래 속에도
저들의 궁극적 열망은 미세하고 무수한 식민지
멈춘 땅을 밟고 서는 일

움직이는 모든 것이 흐르는 것은 아니다
흐르는 것은 지배할 수 없고
쌓지 않으면 소유할 수 없어
저 열광하는 움직임은 흐름을 무너뜨려
높이 쌓는 행위다
저 광적인 속도는 흐름을 세워
수직으로 쌓는 과업이다
저 움직임은 하나의 목적,
멈추게 하려고,
움직인다

손택수

모기 계급의 탄생

모기에게도 지도가 생겼다
2010년 자치구별 모기 유충 서식지 입력 현황을 보니
강남은 무려 1만 6609곳, 구로는 24곳에 지나지 않는다
모기들에게도 양극화가 일어났구나
강남은 모기 방역에 10억을 쓰고
민관 합동 방역단을 가동했다는데
강북에 사는 내가 더 많은 모기들에게 수혈을 하고 있다
는 건
아무래도 서글픈 일이다
여름밤 모기 학살 소식을 기뻐해야 하나 슬퍼해야 하나
뺨을 후려치며 앵앵거리는 모기들
열대야의 잠 못 이루는 시간
허공에 대고 짝, 박수를 치게 하는 모기들
강남에서 모기들이 아주 추방될 날도 멀지 않은 것 같다
그런 날이 오면 쫓겨난 모기들도 나처럼 천덕꾸러기 신
세가 되어
망명의 비애를 곱씹고 있을까
지도 위의 모기 산란지를 표시한 붉은 점들이
딱 쳐서 말라붙은 핏물 같다

빨대를 세우고 앵앵거리는 강남
모기들의 끈질긴 생명력을 응원하는 식으로
나는 점점 미쳐가는 중이다 유충을 품은 늪처럼
부글부글 끓어오르는 중이다

윤의섭

혁명은 튤립처럼

천변에선 튤립 축제가 열렸다

온갖 수단과 조작으로 축제 기간에 맞춰 피어난 튤립은 그래, 비정규직이다

그사이 어쩌다 떨어진 튤립 씨앗조차 축제가 끝나면 몰살된다

그나마 하천 정비 공사가 시작되면서 다음 튤립 축제는 무기한 연기되었다

스산한 천변에 늘어선 가로수 중에도 그래, 비정규 나무는 있다

때가 되면 미처 짝짓기 하기도 전에 무참히 잘려나간다

밤하늘엔 오랜만에 환한 달이 떴다

저 멀리 밝게 빛나는 목성도 떴다

그러나 우주의 시간 속에서는 그래, 이 태양계도 비정규적이다

잠시나마 살았다 사라져가는 인간도 그래, 비정규다

만물이 비정규라는 이 때늦은 발견은

민중의 혁명을 그린 영화 브이 포 벤테타를 본 뒤

아파트 단지를 내려다보다 갑자기 떠오른 것이다

얼마 안 남은 비정규직 불안 비애 절망 서러움의 동의어

그러니 결코 우연은 아니다
어느 날 모든 행성이 일렬로 늘어서고
어느 날 모든 태풍이 일시에 반도를 향해 접근하고
그렇게 비정규적인 사건이 동시에 발생하고
정규가 비정규가 되고 비정규가 정규가 되더라도
그래, 우연은 아니다 모든 생멸은 정규적이다
추방당한 튤립이 어디서든 필 것처럼 영원히

이강산

평화쥐약이라도 나는 좋은 것이다

자갈치행 지하철 1호선
후다닥 들이닥치는
평화.

시간에 쫓겨 밥상에 숟가락 던져놓고 달려온 사람 같은
중년의 검푸른, 낡은 점퍼 왼쪽 가슴에 빛나는
금빛 평화.

무엇일까.
금실로 한 땀 한 땀 꿰매놓은
저 두 음절의 추상 속 심연을 들여다보고 싶어
나는 자갈치를 포기한다.

도대체 무엇일까.
저 궁핍한, 빛나는 평화는.

평화연탄 평화용접 평화벽돌 평화멸치 평화고무신……
평화쥐약이라도 나는 좋은 것이다.
평화의 실오라기라도 베어 물고

쥐약의 독기가 온몸에 전이되어도 좋겠다는 것이다.

그리하여 내 몸의 숙주로부터 감염된 평화 떼,
평화밥상 평화촛불 평화철거 평화물대포……
내게 한사코 달려드는 역 광장 노숙자의 터진 발가락까지
평화라면 좋겠다는 것이다.

자갈치행 지하철 1호선
후다닥 뛰쳐나가는
평화.

이민호
다시 잿더미에서

꽃이여 피여
피여 꽃이여
새벽의 언덕에서
폐허에서
겨울과 봄의 중턱에서
박토에서
황혼의 언덕에서
죽어버린 별이여

아직도 식지 않은 잿더미를 헤집고
남 몰래
푸른 고환 한 짝을 간직하였네
숱 많은 머릿결과
부엉이 눈과
옥수수 잎 같은
누런 입 냄새를 덮어둔 채

바위에 불알 두 쪽 올려놓고 돌멩이로 그냥 내리치는 것
만 같애

마지막 말
불씨만을 싸안고 서둘러 도망쳤네

티벳 승려의 불타는 육신에서
팔레스티나 유카리나무 아래 죽어가는 어린 영혼에서
용산에서
11월의 거리에서
모든 고통에서
신의 이름을 지우고
그대
아직도
죽으러 가는 별이여

피다 꽃이다
꽃이다 피다

* 김남주의 시 「잿더미」에 답하며

이봉환

빈 라덴이 부활한 오월 어느 날이었다

오사마 빈 라덴이 사살되었다고, 미합중국식 정의의 승리라고 버락 오바마가 연설하고 자빠졌다. 사우디아라비아 부호의 아들로 태어나 와하비즘에 심취한 빈 라덴은, 이슬람 성전을 수행하던 중 파키스탄의 도시 아보타바드 한 저택 열두 살 된 딸 앞에서 살해되었다. 아프카니스탄 험준한 산악지대에서 이슬람 해방을 위해 싸우는 알카에다 전사들이나 지하디스트들에게 그는 죽은 순간 신이 되었는지도 모른다. 고독하고 처절한 독수리 부리의 심정으로 산정에서 별을 우러르는 그들 형형한 눈빛에서는 이미 '순교자'로 부활하여 훨 날아올랐는지도. 사람은 죽였지만 상징은 쉽게 죽이지 못한다. 깜깜한 밤일수록 신들의 세계는 넓어지고 깊어지지 아니한가. 지구의 어딘가에서 인간이 인간을 죽이며 환호하고(로이터통신은 "고유가 등 악재에 허우적이던 오바마의 지지율이 단기간에 뛰어오르게 됐다"고 보도했다), 또 사람이 사람에게 죽임을 당하여 신으로도 탄생하나니.

작년 산림과 직원들이 아파트 앞산에 들이닥쳐 소나무만 남기고 다 쳐내기에 여러 번 싸운 적 있다. 나무들 좀 가만 놔둬라, 깃든 새 웅크린 짐승들 다 도망간다, 어르고 달래며

삿대질까지 해대었으나 산은 깨끗하게 솖아졌다. 속이 상해 통 가지 않다가 올봄 앞산 녀석 궁금해 올랐더니, 철쭉들이며 사스레피나무며 산쥐똥나무며 청미래덩굴이며 어린 잡목들 소나무 겨드랑이 아래서 한창 데모 중이 아닌가. 작고 어린 주먹을 펼쳐든 풋것들이, 경찰의 곤봉에 얻어맞았는지 벌겋게 이마가 까진 철쭉 곁에서 군중의 일부가 되어 푸르게 흔들리고 있었다. 이 사태가 무언가 몰라 두리번 주변을 살피니, 전기톱에 잘려나간 하나의 가지에서 서너 개씩의 잔가지들 보란 듯 솟아나서는 찬란한 분홍 낯빛 사이로 귀여운 연초록 주먹들을 마구마구 펼쳐드는 것이었다. 제발 우리 모가지 좀 함부로 쳐내지 말라고, 꼿꼿이 대가리 쳐들고 산꼭대기를 향해 떼거리로 우우 몰려가는 것이었다.

이영광

절해고도

세상은 절해 사람은 고도.
이것 말고 무엇이 있나?
억누르고 빼앗고 해치는 절해고도들,
억눌리고 빼앗기고 상하는 숱한 절해고도들.

하지만 원수들 사이에
유구한 약육강식의 나날에 적대가,
적대의 아픔이 없네.
절해고도가 없네.
천천히 잡아먹히는 삶은 삶인가?
절해고도는 제 절해고도가 무서워.

하지만 별은 뜬다. 어디? 크레인 위에.
땅에서 올라간 별도 별인가? 그럼.
쫓겨서 올라간 것이 아니므로.
천사는 웃는다. 어디서? 크레인 위에서.
땅에서 올라간 천사도 천사인가?
그렇다, 고소공포증만 없다면.
아니, 있다면.

왜 별이지?
이백 일도 넘게 하늘에서 빛났으니.
왜 천사지?
이백 일도 넘게 하늘에서 웃어주었으니.
땅을 딛고 올라간 하늘도 하늘인가? 그럼.
하늘은 땅의 마지막
살이니까.

저 별이 사람이면
사람은 사람 이하.
저 웃음이 천사여야
사람은 간신히 사람.

나는 네가, 너는 내가 될 수 없다는 걸 모두 안다.
먹는 자도 먹히는 자도 다 절해고도란 걸 모두 안다.
하지만 몰라야 살 수 있다.
잊어야 산다.

하지만, 알아도 살 수 있다. 잊지 않아도,
공포의 代身이 안 되어도
살 수 있는 곳.
저 높은 곳에 60억분의 1, 단 하나의 섬이 있다.

절해고도가 되어도,
절해고도 너머에도 죽음은 없다는 걸 무섭지 않게,
아프지 않게, 부끄럽지 않게, 속삭여주기 위해
섬은 빛난다.
섬은 웃는다.
섬은 눈물을 삼킨다.

하늘밖에 더 디딜 곳이 없어도
한 발짝 한 발짝
그는 내려오는 중.
하늘밖에 더 만질 살이 없어도
천사는 하늘을 걸어 내려오는 사람.
저녁 새가 그러하듯
자정의 곤한 빗방울들이 그러하듯

저 태양 빛이 그러하듯.

별은 땅에서도 빛날 것이다.
천사는 땅에서도 웃을 것이다.
"절해고도들끼리 앞으로 한번 잘 해봅시다!"
한 줌의 흙이 될 때까지.
한 줄의 이름이 될 때까지.

하지만, 어째야 쓰겠냐, 저 절해고도를.
고소공포증으로 고소공포증을 누르고 있는
살 속의 섬 하나를.

정끝별
이 감자를 보라

초여름 첫감자들 세상 봤다
씨 된 몸에서 푸른 두 귀가 불끈, 뺄났다
끙끙 앓는 안간힘으로 저를 낳고 저를 낳더니
벼랑의 밭이랑에서 딸림화음을 이루며 줄줄이
시민텃밭 참여자들 맨손바닥에 들려 나왔다
우락부락 열에 열렬한 야생 것들

굵고 실한 것들부터 박스에 올라타
잿더미 재건마을까지 달려갈 생존 감자
하늘독방 타워크레인까지 올라갈 희망 감자
청정 제주 강정까지 내려갈 지킴 감자
우리 집 식탁에 와서는 지지 감자
이웃집 문 앞에선 연대 감자 되겠다

남한강이 북한강이랑 만나는 두물머리
빼앗긴 텃밭에서 불법으로 키운
올여름 저 첫감자는 불복종 햇감자
지난겨울 배추는 4대강 포기배추
곧 거둬들일 가을 쌀은 버텨 쌀

헛삽질들 멈춰야 참삽질 허가되겠다

순순한 나도 감자 뜨거운 너도 감자
두물머리 비늘 햇살이 키운 배후 감자
흙 묻은 맨발로 딛고 선 바닥 감자
싹이 났다 잎이 났다 주먹 감자
지금은 늦감자를 수확할 때
이제 곧 감자를 먹게 될 것이다

이정록

목이 쉰 사람의 기도

　방탄조끼에 성모마리아를 수놓겠습니다 총알에는 깨알 경문을, 박달나무 곤봉에는 시편을 새겨 넣을 겁니다 성모의 뺨에 산탄 경단이 처박혀도 아기 예수는 잠 깨지 않겠지요 믿어주세요 개머리판에 불두를 깎고 방패마다 팔만대장경을 옮겨놓을 겁니다 위대한 역사를 펼치겠습니다 방패경과 곤봉시편을 국정교과서로 삼겠습니다 새벽기도 나갈 때까지 총탄경을 외웁시다 믿으십시오 방패를 잇대어 기와불사를 하겠습니다 시편 곤봉이 지극정성 머리통을 두드려 무지막지에서 깨어나게 할 겁니다 곤봉을 잇대어 십자가를 짓겠습니다 총알로 염주 목걸이를 만들겠습니다 천당과 극락으로 중무장한 전경全經들, 최루로 회개하면 방탄조끼와 철모도 해탈할 겁니다 넣은 거요 싼 거요 님께서 물으실 때까지 업보를 쌓고 쌓고 또 쌓아, 강물도 숏 타임으로 흐르게 할 겁니다 사랑합니다 자라 머리통에 알알이 총알을 박고, 천사의 처녀막까지 리모델링 하겠습니다 정말 사정합니다

조정
강정 리포트

마을에서 바다로 가는 길은 검은 흙 두터운 야생이오
감귤나무와 백합이 말라 죽은 비닐하우스群이오
몇 년 묵혀버린
풀이 키 큰 처녀들처럼 달려와 길가에 늘어서 있는 밭이오

조부장하게 구부러져 문득 누가 올 것 같은 비탈이오

길은 좀체 줄어들지 않소
라고 말하려는 즈음에 바다가 보이오
활달하고 유쾌한 바다요
아침이면 먼저 소리치며 달려오는 바다요

범섬 쪽으로 버긋하게 황색 오탁방지막이 둘러쳐 있소
소라 전복 캐는 해녀들
그들을 불러오라
파도는 성난 듯하오
좌측 빈 밭에 장대히 늘어서 잠수를 기다리는 테트라포
드 군단
발진을 앞둔 그들은 크고 희고 미끈하오

그들은 웃소
등 뒤에 흙 검은 들판과 오랫동안 수확되지 못한 바다가
우리 것 아니라 하오
테트라포드가 그 철조망이요
군복 입은 사내가 그 경비원이요
법전 휘두르며 달려오는 내 땅 내 바다 먹여 키운 고위들이
그 마름이요
그 이상은 태평양 너머나 동해 건너에 있소

바다로 왜 가는지 물으면 눈물이 나오
어깨 한쪽이 뿌레카에 어긋나버린 따뜻한 용암 한 판 찾
아가오
오늘은 마저 다른 어깨가 부서졌다는 소식이오
저마다 희귀하고 멸종 위기일 뿐인 어린 생명들 품에 안고
들어본 사람은 다 그 숨소리 잊지 못하는
큰 바위를 곡하러 가오

실은 길이 막혔소

신속히 펜스 치고 둥둥 바닷길까지 철조망 둘러 저편을
볼 수도 없소
학살은 먼저 고립이오
헐한 망루에는 단 한 사람 올라앉을 자리만 있소
오늘은 누가 지켜보아 주겠소

최금진

변종 인간들의 최후

바람 좀 나눠 주세요, 눈으로만 핥고 돌려드릴게요
내년엔 지하 땅굴이라도 파고 들어갈게요
쪽방 노인들은 제 뼈다귀를 늘어놓고 식히고 있어요
울어야 할 상황이라면 울 수 있게라도 해주세요
공용 세면장 녹슨 수도꼭지들은 졸졸 녹물을 흘려요
쉬어터진 두부 같은 약간의 그늘이라도 있으면
아이들은 우르르 몰려가 식중독처럼 벌건 욕설을 게워
내요
옷을 벗어도 몸에서부터 무더위가 돋는 태생이라서요
동전만 한 숨을 꽉 물고서 아껴가며 삼키고 있어요
오백 원짜리 아이스크림 값도 안 되는
사람들은 간장종지 같은 방 안에 담겨 밥을 먹어요
여기도 사람 살아요, 제발 쓰레기는 버리지 말아요
아기처럼 잉잉 울어도 흠이 되지 않는 날은 갔어요
삼십 년을 독거하면서 이렇게 지독한 더위는 처음이에요
이깟 더위와 싸우다 죽어야 하다니요
쪽방이 다닥다닥 몸을 맞댄 사이로 땀띠처럼 별이 돋는
저녁
졸아든 액자 속에는 검은 가족사진이

가죽만 남은 채 파삭파삭 부서지고 있어요

손이 발이 되게 부채질해도 모자란 그런 죄가 있는 걸까요

바람에 대한 바람직한 분배 방법은 없는 건가요

이자를 쳐서 갚을 순 없지만 바람 좀 잠시 돌려쓰면 안 될
까요

동경 127도, 북위 37.5도

살려주세요, 여긴 대한민국 수도 서울이에요

표성배

조국祖國

진달래 흐드러진 산 능선을 어디 가나 만날 수 있고, 마음 착한 소녀 같은 맑은 하늘을 어디 가나 볼 수 있고, 파란 파도가 소년처럼 뿔난 바다를 어디 가나 안을 수 있고, 어깨춤이 절로 덩실거리는 사람들과 어디서나 어울릴 수 있고, 어디서나 어울릴 수 있는 내 노래의 이름을 나는 조국이라 부른다

내 아버지의 아버지가 뼈를 묻은 곳, 내 아이의 아이가 뼈를 묻어야 할 곳, 마음씨 고운 아내를 맞아들인 곳, 망치를 들고 대지를 안아 올린 곳, 하늘과 땅과 바다 끊임없이 흐르는 강물과 막힘이 없는 바람, 촉촉하게 솟는 흙냄새 대지大地의 신神과 물의 신과 하늘의 신이 함께하는, 내 노래의 이름을 나는 조국이라 부른다

독재자의 날카로운 발톱도, 환한 웃음을 머금은 천민자본가의 동굴 같은 음흉함도, 딱딱한 어깨에 금빛 완장을 찬 관리도, 혀를 날름거리며 나와 당신의 눈과 귀를 멀게 만드는 언론도, 허리에 철조망을 걸쳐놓은 제국주의도, 총구 앞에 마주 선 나의 형제도, 거부할 수 없는 운명 같은 내 노래

의 이름을 나는 조국이라 부른다

　노동자의 망치 소리와 밤낮없이 돌아가는 조립 라인 위에 조국의 미래를 설계한 조국, 밤새 기계 앞을 떠나지 못하는 저 눈까풀 처진 어린 노동자의 어깨 위에 짐을 지운 조국, 갈수록 황폐화 되어가는 논밭에 듬성듬성 허수아비를 세우는 조국, 어장은 오염되고 폐광廢鑛 앞에서도 조국의 노래를 멈출 수 없는, 내 노래의 이름을 나는 언제까지나 조국이라 부른다

2
부
_____

밤 들어 세상은

온통 고요한데

그리워 못 잊어 홀로 잠 못 이뤄

불 밝혀 지새우는 것이 있다

사람들은 그것을 별이라 그런다

기약이라 소망이라 그런다

밤 깊어

가장 괴로울 때면

사람들은 저마다 별이 되어

어머니 어머니라 부른다

— 김남주 「별」 전문

여러번 회의적이었습니다. 올해에도 쓸
렸습니다만 저는 해방후 20년을 이(어)
적으로 말려하는 일환으로서 시를 썼고
그 과제를 제 한때 가슴 의무로 여겼으
요. 그리고 사회적 실천으로서의 시는 사
실천운동 속에서 나올 수밖에 없다고 제
래로 생각하고 있었습니다. 이 생각
지금도 변함이 없습니다. 쓰잘데없
술을 한 것 같습니다. 아무튼 감사합
. 어떤 기회가 있기만 하다면 그것을
하여서 제게 관심을 가져 주시는 선생
애정어린 배려에.

제가 선생님께 굳이 이런 편지
을 드린 것은 부탁이 있어서입니다.
는 제가 이곳에서 써보낸 시가 수십
됐는데 어떤 출판사에서 그걸 시집으
낼 계획인가 봅니다. 그 시집의 발문
선생님이 써주시면 얼마나 좋을까 보
습니다. 그리고 지금 담 밖에서는 윤
동료 후배 문인들이 저를 위해 여러
서 석방운동을 하고 있는 줄 알고 있
다. 만일 이런 때에 시집 내는 일
바람직한 것인지 그것도 선생님이
해 주시길 바랍니다.

8월 28일에 서울에서 국제펜대회
열린다는 들었습니다. 그것을 계기로 해
이곳에서 싸움을 할 작정입니다. 내용
정치범에게 펜과 종이를 허가하라
이런 형식은 단식입니다. 선생님

라에서도 이런
니다. 왜냐하
가 폭로된 철
철학의 위상
충히 발하는
으로부터 편
세르반테스는
비르고 폴랑는
국수했다니
리시대에도
박탈하는
니다. 여러분
함을 찾기
제게 시 로
박탈하고 잔
제국주의 나라
신체로 같은
않았습니다.

선생님, 절
간다는 것은
맛이란 것 이
려서입니다.
복할 수 없음
에 야만적이
에 폭로해야겠
해서도 선생님
시면 고맙겠
것이라는 판단

꿈으로 향한 기
밖에서는 제

고운기
철조망

옷장에서 오래된 바지를 찾아 입으니
허리가 맞지 않는다
내 배가 이렇게 나올 줄 몰랐다

남주南柱 그이 죽은 지 십 년

그를 기린다는 행사장에 나서며 입은 바지
생각해보니 그해 샀던 옷이다
그이 죽은 지 십 년
생각해보니 나는 배만 불렀다

어둠 속 부잣집에 스며들어
남조선민족해방전선의 철조망을 쳤다던 이

오늘 밤은 내 방으로 스며들겠구나
내 배에 철조망을 치겠구나.

김경윤
그 집을 생각하면*

가을걷이 끝난 논길을 따라
꼬불꼬불 고개를 넘고 들판을 지나
아직도 참깨를 터는 농부들이 사는
옛 마을에 들어서면
오후의 햇살 아래 긴 그림자를 드리운 늙은 감나무가
까치밥 한 알 매달고
오롯이 서 있는
그 집

사람 사는 세상의 아름다움을 위하여
자유와
평등과
해방을 위하여
가장 격정적으로 노래하고 싸우다
기꺼이 제 한 몸 내던졌던
시인의 집

지금은 사람의 발길 뜸한 텅 빈 마당을 지나
어두운 뒤란에 들어서면

울울창창 푸른 대나무 숲과 소나무들이
청송녹죽靑松綠竹 가슴으로 꽂히던 노래가 되어
불 꺼진 내 마음의 창가에
깜박깜박 개똥벌레처럼
추억을 깨우는 집

생각하면 피가 뜨거워지고
가슴이 두근거리는
그 필사筆寫의 밤과 낮으로
돌아가고픈 집

무덤 같은 감옥에서
피 먹은 꽃잎처럼 선연한
노래를 불렀던
그
시
인
의 집

뜰 앞에 잣나무 한 그루 심지 못했지만
나는 안다 죽음에는 나이가 없는 법이니
이 땅에서 아름다운 것은 싸우는 일이라는 것을**

오십이 넘도록 아직 집이 없는 나에게는
그 집이 하나의 상징이고 정신인 것을!

* 김남주의 시 제목.

** 김남주의 시 「잣나무 한 그루」에서 차용.

김주대

김남주를 읽는 새벽

당신 떠난다고 했을 때, 늦었지만 문득
공포와 함께 처음으로 당신을 생생하게 느꼈다
당신 아주 떠나고 나서야 고요의 깊은 바닥에
홀로 쇳덩어리처럼 주저앉아
당신을 사유하며 당신을 숨 쉬기 시작했다
충격이 이전의 나를 다 흔들어서
처음으로 빛인 시선이 생겼고
죽음을 통과한 마주침으로 당신은
뜨거운 기호처럼 삽시간에 번식되었다
그 후로 나의 고독은 결핍이기는커녕
내내 당신과 가까워지는 몸살이었다

김병호

홍시 하나

무등산 수원지 시퍼런 산그늘
건성건성 뒷짐 진 사내의 발걸음 아래로
살방살방 빛살들이 뭉쳤다 뭉개지곤 했다

지붕 낮은 마을의 당산마루 늙은 감나무처럼
짐 부리고 돌아가는 나귀의 부은 무릎처럼
내상의 사내가 독으로 병을 다스리던 시절

탐방탐방 새로 돋는 물자국 앞에서
무릎에 두 손을 얹은 열일곱의 까까머리에게
홍시 하나를 쥐어 주던 사내

사랑은 무기가 아니어서
시는 똥구녁의 생똥이 아니어서
짐승스런 세월 대신
슬픔이나 분노 대신
붉은 홍시 하나, 밖으로 내는 일은
외롭고 황홀한 감옥의 또 다른 일

다시 옛 마을을 지나면
성마른 바퀴 자국 같은 그날의 물수제비들이
어둔 별의 수원지마다 낮달로 떠오르고

낱낱이 사내인 해질녘 물살과
망명정부 같은 사내의 잠이
기슭에 고여, 홍시 하나를 안고 있다

김성규

그날 이후

그날이 돌아왔다 그가 죽은 날,
그리고 다시 태어나는 오늘
찔레 덩굴처럼 부풀어 오르는 무덤 앞에
우리는 서 있다

말쑥한 옷을 차려입고 살찐 몸을 움직여
걸어온 우리
피를 삼키며 우는 흙을 밟으며
우리는 서 있다
서로를 찌르며 걸어왔으나
하늘로 오르는 길은 모두 사라지고

나뭇잎은 바람에 쓸려 소리치고
바닥의 갈라진 틈에서 물이 솟아오르듯
한꺼번에 말을 쏟아버린 후
그의 무덤 위로 흉년이 오고
죽어서도 하지 않은 말을 웅얼거리듯
그의 입에서
갈매나무 한 그루가 자라났다

그날 이후 나는 살고 너는 죽었다
입에서 솟아난 떡잎 하나
무덤을 덮고
붉은 하늘을 찌르며 울고 있다
그날 이후 너는 살고 나는 죽었다

누가 이렇게 많은 핏방울을 뿌려놓았을까
무덤 사이사이
몸을 부비며 피어나는 꽃송이
소풍 나온 어린 바람이
아무렇게나 피어난 꽃송이 사이를 뒹굴며 웃고 있다

박남준

보고 싶네

전주, 지금은 없어진 술집에서였지
그거 기억해요? 새카만 얼굴로
어퍼컷처럼 날리던 펀치
야 너 요새 그렇게 히말태기 없는 시를 쓰냐
다 기어들어가는 대답이었나
난 이제 산속에 살잖아
말이었나 막걸리였나
형은 뭐 불타는 전사니까 상관없지만
누가 내 이야길 기울여주나
새나 나무나 꽃이 아니었다면

고려병원 장례식장 울다가 울다가
아침에 나가 보니 등산화가 없어졌데
짝이 안 맞는 신발을 질질 끌고 가다
철근 밥 일용직 김해화가 사준 운동화로 걸어
영결식장 들어서는데 카랑카랑 시 낭송
「전사」가 들려오데 얼마나 숨이 턱 막히던지
그러고 보니 형 때문에 또 잃어버린 것이 있네
언젠가 광주 오월문학제에 갔다가

망월동 형 무덤가에 엎어졌는데 에이 씨 자꾸만
자꾸만 눈이 뜨거워졌는데
시 낭송하고 받은 돈이며 지갑 홀랑 빠져나갔는데

보고 싶네 형,
이 나라는 아주 끔찍해
가끔 슈퍼에서 총을 팔았으면 싶어
온통 날라리 공사판으로 파헤쳐 놓은 쥐새끼들
탕탕탕 해버리고 싶다니까
협잡과 기만과 위선과, 시인들도 마찬가지야
형이 살았으면 지금 같은 쓰레기
썩을 놈의 세상에 대갈일성 뭐라고 호통을 칠까
야 이

박설희

이곳에 살기 위하여

오랜만일세. 곧 시월이구만. 기억나나? 백묵으로 흑칠판 가득 채워지던 엘뤼아르의 「자유」. 앞 구절들이 지우개로 지워지고 다시 칠판 가득 시가 채워졌지. 그 긴 시를 중학생들에게 받아 적게 하던 국어 선생님이 신문에 간첩으로 발표되고, 자네와 나는 간첩에게 국어 교육을 받은 놀라운 학생들이 됐어. 그게 시월이었어. 하루에 한 번이라도 하늘을 바라보라고 얼마나 넓고 푸르냐고 하던 그 국어 선생님을 난 아직 기억해. 까만 뿔테 안경에 흰 블라우스 그리고 까만 치마.

그분은 또 한 번 신문에 실려 나를 놀라게 했어. 김남주 시인과 결혼했다는 기사가 사진과 함께 실렸지. 그때부터 내겐 '자유'가 화두가 됐지. 궁금하기도 했어. 그분이 추구했던 자유는 어떤 자유일까. 나는 자유로운가. 작가가 되겠단 꿈을 뒤늦게나마 이루겠다고 나선 것도 어쩌면 뇌리에서 사라지지 않는 엘뤼아르의 「자유」 때문이었을 거야.

김남주 시인을 잘 아느냐고? 잘 몰라, 시를 통해 만난 것밖엔. 시의 요람은 안락의자가 아니고 투쟁이라고 그 속이라고, 자신의 시가 호사가의 장식품이 되는 것을 바라지 않는다고 했다는 것, 만인을 위해 싸울 때 자신은 자유라고 감

옥이 전사의 휴식처라고 눈앞이 캄캄한 밤에는 시라도 써야
겠다고 했다는 것 정도지. 그런데 그를 찬찬히 들여다보면
어딘가 낯이 익어. 정 많고 눈물 많은 형제 같아.

곧 김남주 시인 20주기가 다가오는군. 종종 생각해보곤
해. 나는 누구인가 내가 발 딛고 서 있는 이곳은 어떤 곳인
가 끊임없이 질문하게 만드는, 그는 누구인가. 엘뤼아르와
김남주를 읽으면서 자유를 꿈꾸는 이들은 계속 이어지겠지.
잠이 깊어 꿈도 깊은, 무거운 잠을 자는 이와 스스로 육중해
지려는 이를 뒤흔들며 상처 입은 자들의 입술과 입술에서
아직 태어나지 않은 시간을 말하며 노래하며 피어오를 거
야. 불꽃처럼.

오늘 내 이야기를 너무 오래 풀어놨군. 이해하게. 꾹꾹 눌
러놓았던 이야기가 스스로 길을 찾아 가는군. 이렇게 마무
리하려네. 어디에 너의 이름을 쓸까, 자유여. 모든 것 위에?

박해람
뜨거운 눈사람이 서 있었다

혁명가의 생가 앞에 서 있던 눈사람
눈이 귀한 남도의 골목에서 두꺼운 뿔테 안경도 안 쓰고
묵묵히 서 있던 귀한 눈사람을 보았다
황토가 군데군데 묻어 누더기 같은 사람을 보았다
끝까지 격렬한 온도를 품고 녹아가던
겉부터 서서히 사라지고 있는 사람을 보았다
살점은 제가 갖고 태어난 온도에 녹아간다는데
가장 뜨거운 온도도
가장 뜨거운 격렬도 제 안에 있다는 듯
몸속의 온도로 참 뻔뻔한 바깥을 상대하고 있던 사람
그 사람을 한참 서서 바라본 이유는
분명 그 품 안에 이가 다 빠진
그러나 끝내 뱉지 못한
피 묻은 칼 한 자루가 있을 것 같아서였다
그리고 문득,
스스로 녹는 눈사람은
세상에서 가장 뜨거운 사람인 것을 알았다

두어 평 비루한 방 안에 걸려 있던

혁명가의 초상엔
제 몸 녹은 자리인 듯 얼룩이 번져 있었다
화가 나고 또 나서는
저녁놀 안주가 다 식을 때까지 문밖에서 술을 마셨었다
너무 뻔뻔한 세상에
눈사람 같이 살다 간 혁명가에게
울음 반 원망 반으로 주정을 하다가
세상의 빛나는 혁명가들의 생가들은 너무 비루하여
확 허물어버리고 싶은 겨울이었다

박준

해남에서 온 편지

오랫동안 기별이 없는 당신을 생각하면 낮고 좁은 책꽂
이에 꽂혀 있는 울음이 먼저 걸어 나오더군요 그러고는 바
쁜 걸음으로 어느 네거리를 지나 한 시절 제가 좋아한 여자
선배의 입 속에도 머물다가 마른 저수지와 강을 건너 흙빛
선연한 남쪽 땅으로 가더군요

저도 알고 있습니다 그 땅 황토라 하면 알 굵은 육쪽마늘
이며 편지지처럼 잎이 희고 넓은 겨울 배추를 자라게 하는
곳이지요 아리고 맵고 순하고 여린 것들을 불평 하나 없이
안아주는 곳 말입니다

해서 그쯤 가면 사람의 울음이나 사람의 서러움이나 사
람의 분노나 사람의 슬픔 같은 것들을 계속 사람의 가슴에
묻어두기가 무안해졌던 것이었는데요 땅 끝, 당신을 처음
만난 그곳으로 제가 자꾸 무엇들을 보내고 싶은 까닭입니다

송경동

어떤 사상의 거처들

─김남주 선생께 드리는 편지

선생님, 잘 지내시는지요
작년 5·18 때 뵙고 돌아오는 차 안에서
한진중공업 85호 크레인에 오른
소금꽃 김진숙을 구하는 희망의 버스를 상상했었죠
그 일이 쉬이 풀리지 않아
다섯 달 수배 생활하다, 지금은
부산구치소 7上1방에서 편히 쉬고 있습니다
꼴에 공안수라고 0.9평짜리 독방입니다
이제 갓 석 달이 되어가는 햇병아리 닭장이죠

선생님처럼 대담하게
'조국은 하나다'를 외치지도
낫 놓고 기역 자도 모른다고 하자
그 낫으로 주인 목을 쳐버리더라는
촌철살인의 시 한 줄도 못 쓰고
고작 '정리해고, 비정규직 없는 세상'이 그립다는 것
착취의 사슬을 끊어라,
부당한 소유를 폐지하라가 아니라
고작 '함께 살자'는 것이었죠

이곳에 있자니
자주 선생님 생각이 나요
선생님은 면회를 다녀오다 잠깐 앞 창에 섰다 사라지는
낯선 사내의 얼굴로 다가오기도 하고
멀리 점호 소리나 통방 소리로 다가오기도 하고
아침나절 잠깐 다람쥐 꼬리마냥 짧은 햇빛으로 들르시기
도 합니다
빵끼통 뒷창 너머 먼 산빛으로 오시기도 하고
운동 시간 사동 건물에 가려 조각난 파란 하늘로 오시기
도 합니다
생오이 정량 한 개를 더 받고
삶은 계란 정량 두 개를 더 받고
가슴 두근두근 신이 난 자신이 웃겨
배를 잡고 웃다가
귀밑까지 찢어진 웃음 선하던
선생님을 만나기도 하지요

선생님은 이런 독방에서

『아침저녁으로 읽기 위하여』
독어와 영어와 스페인어 사전을 곁에 두고
네루다와 하이네와 브레히트와
루이 아라공과 푸시킨과 마야코프스키를
번역하기도 했겠죠, 외로운 밤이면
빵끼통 쇠창살 너머로 곤지발을 딛고 서서
어두울수록 더욱 빛나는
『사상의 거처』를 수놓기도 했겠죠
'바람에 지는 풀잎으로 5월을 노래하지' 말라고
'삼팔선은 삼팔선에만 있는 것이' 아니라고
'해방을 위한 투쟁에서 수많은 사람이 죽어' 갔고
나 또한 그렇게 져갈 것이라고
우유곽 속 은박지 위에 전사의 노래를 적으셨겠죠

그런 선생님을 죽인 건 무엇이었나요
좆돼부렀다고, 선생님은
반혁명의 포스트모던한 시간을 견디지 못했죠
낄낄낄거리는 자본의 일상을 견디지 못했죠
도대체 무엇이 달라졌느냐고

구체적으로 얘기해달라고
현실 사회주의 국가들에 대한 비아냥을
어떤 위대하면서도 소박한 것들에 대한 비아냥을
견디지 못했죠
마지막 병상 개 같은 세상 개같이 살다
개같이 간다고 하셨죠

오늘은 운동도 없는 일요일
좁은 독방을 오가며 몇 시간 동안 선 채로
서승 선생의 『동아시아 평화기행』을 보았습니다
서승 선생 역시 동생 서준식 선생과
19년을 갇혀 사셨죠
1971년 육군보안사령부 서빙고 대공분실에 납치되어 고
문 받다
기름 난로를 뒤집어쓰고 분신을 하기도 했던
서승 선생이 대만의 뤼따오 감옥에서 24년을 산
천민중 선생을 만난 이야기도 실려 있었습니다
송장에게라도 자백서를 받겠다는 이들에게
3개월간 고문당한 이야기

난 단 하루도 버티지 못할 이야기들

선생님도 이곳에서
그런 이들의 역사를 보았나요
그 피맺힌 울음을, 절규를, 비명을, 함성을 들었나요
가장 좁은 곳에서 가장 세계적이며
가장 짓밟힌 곳에서 가장 존엄한
인간의 노래를 꿈꾸셨나요
『자기의 대지로부터 버림받은 자들』이 꿈꾸는
새로운 인간들의 영토를 그렸나요

걱정 마세요, 저는 잘 지냅니다
그렇게 먼저 가신 이들의 희생으로
더 이상 고문도, 징벌도, 전향 공작도 없는
그래서 더 무서운 자본의 독방에서
무슨 동물원의 희귀 동물처럼 어슬렁거리며
잘 지냅니다
이제 다시 어떤 자유를 꿈꿔야 하는지
어떤 해방의 강령을 부둥켜안아야 하는지

아직도 철통같은 세월이고
한동안도 이런 외로운 시절이겠지만
주눅 들지 않고 씩씩하게 잘 지낼게요
걱정 마세요

이기인

죽어야 사는 시

아우들은 오늘도 시를 토한다

시라도 써야겠다 그 알량한 시라도 써야겠다

오늘 밤과 같이 눈앞이 아찔한 밤에는*

시를 토한다

아우들은 오늘도 죽어야 사는 시를 토한다

* "시라도 써야겠다/ 그 알량한 시라도 써야겠다/ 오늘 밤과 같이 눈앞이 아찔한
  밤에는" (김남주의 시 「아우를 위하여」 중에서)

안상학

나팔꽃

그가 가고 십 년 지난 어느 겨울 끝
해남에 남은 그의 고향집에 갔었네
그도 없고 그의 가족도 없는 그의 집
돌담 울엔 나팔꽃 덩굴 메말라 있었네
한때는 나팔꽃이었을 씨들이
최소한의 부피로 최대한의 단단함으로 달려 있었네
울 너머 보리밭엔 봄이 오고 있는데
꽃씨들은 한사코 매달려 있었네
이런 땅엔 다시 꽃으로 살고 싶지 않다고
이런 세상엔 다시 노래하고 싶지 않다고
수천수만의 나팔꽃 꼬깃꼬깃 접어 물고 토라져 있었네
그렇게 보였네
이 집에서 태어나 세상에 나갔던 시인은
감옥에서만 꽃으로 피었지 않은가
밤에만 꽃으로 피었지 않은가
겨울에만 핀 나팔꽃이었지 않은가
회색의, 기만의 시대에 꽃잎 접고 돌아와 꽃씨로 묻힌 시인
이런 세상이라면 꽃을 피우지 않겠다고
안간힘으로 싹을 부여잡고 묻혀 있는 시인

그의 고향집 나팔꽃 씨도 그렇게 필사적으로 매달려 있었네

그로부터 십 년 가까운 세월 또한 흘러
감옥인지 밤인지 겨울인지 다시 캄캄한 시대인지
용산에서 기륭에서 크레인에서 다시 나팔꽃 피고 있다
족쇄를 먹고 어둠을 살라먹고 겨울을 갈아 먹으며 자라는
꽃의 유전자들이 피어나고 있다

지금쯤 그의 고향집 나팔꽃도
때 되면 땅으로 돌아가 착하게 꽃 피우고 있을 것이다
그도 무덤에서 나와 온 산천을 뒤덮으며 노래하고 있을 것이다

우대식

이 가을에

이 가을에 나는 푸른 옷의 수인이다
—김남주, 「이 가을에 나는」에서

이 가을에
푸른 수인囚人의 옷을 입은 한 사내가 있다
영원히 죽으려고 했기에 영원히 산 한 사내가 있다
숫돌에 낫을 갈아 아버지와 함께 벼를 베고자 했던
한 사내가 있다
염소 뿔싸움을 시키며 놀던 아이들과 방죽을 걷고자 했던
고수머리의 한 사내가 있다
높은 사람들의 결정, 그 무엇에도 동의하지 않던
한 불꽃이 여기 있다
나에 대한 결정은 나 이외의 누구도 할 수 없음을
또박또박 말하던 불꽃이 여기 있다
살아 있다
자신의 영토에서 한 발도 물러서지 않던 무서운 불꽃이
있다
이 가을에
파랑새 한 마리가 있다
흰 무명옷을 입은 파랑새 한 마리가 있다
죽창을 꽂아 온 산하를 푸르게 만들고자 했던
파랑새 한 마리가 있다

흰 산, 검은 산 넘던 어머니 등에 앉아 울어예는
새 한 마리가 지금 여기 있다
여기 있다
있다

임동환

로터리
―김남주 시인을 생각하며

그 많은 삶의 곡선들을 비웃기라도 하듯이
죽어가는 순간에도 저주를 퍼부을 수 있었다니
그는 정녕 세상을 다 살았다
변명하고 용서받기에 급급한 생전의 모오든 비겁들을,
껍데기들을 새삼 확인시키기라도 하듯이
마지막까지 눈물 한 방울 대신 엄청난 육신의 고통마저
비웃고자 했으니
누가 뭐래도 그는 진정한 강자였다
너무 많은 세상의 생각이나 의견들을 조롱하듯
영원히 정복할 수 없는 관념의 숲 속마저 시퍼런 도끼날
로 찍어가며
한 치의 굴곡도 없는 직선의 행로를 긋고자 했으니,

별다른 회한도 없이 잘도 회전해가는 세월의 로터리 속
에서,
그리고 제명에 죽지 못한 자들의 부풀어 오른 살덩이처
럼 흉하게 이그러진,
출구가 없는 지난 역사의 시간 속을 미처 빠져나가지 못
한 슬픔 덩어리 같은 한 시인의 죽음이여

그러나 곧은 것들은 죽음을 닮아 결코 퇴로가 없음을 미
처 알지 못했겠구나

그게 제 스스로가 가장 먼저 상처받는 일인 줄은 꿈에도
생각해보지 않았겠구나

임성용

마지막 강연

그해 2월,
설 명절을 며칠 앞둔 날이었다
가리봉오거리 안양 방향, 삼신코리아 골목길
목욕탕 건물 3층에 있는 구로노동자문학회 강당에는
열댓 명의 사람들이 모여들었다
금방 내려앉은 저녁의 어둠을 잠바 주머니에 쑤셔 넣고
깡깡, 풀리지 않는 추위를 맨살에 얼음처럼 문지르고
새벽부터 노가다를 다녀온 모자도 목도리도
수염 텁수룩한 실업자도 나이 어린 조합원도
삐그덕거리는 철제 의자에 앉았다
책장에 꽂힌 시집이나 소설책처럼 얌전하게
그러나 빈틈없이 완고하게, 그들은
김남주 시인의 문학 강연을 들으러왔다
강연회의 제목도 없었고 그럴듯한 포스터도 없었다
종이컵에 물 한 잔 따라놓고
시인은 또릿또릿한 목소리로 네루다의 시를 낭송했다
이 얼마나 밑이 빠진 일요일이냐!
유난히도 시인의 검은 눈빛은 빛나 보였다
한 시간 남짓, 짧은 강연이 끝난 뒤에

시인은 열댓 명의 청중들에게 이런 말을 했다

─제가 실은 많이 아파서 도저히 강연에 올 수 없는 몸이
  었는데요. 노동자가 부르면 언제, 어디라도 달려가야
  한다고, 그것이 제 일생의 사명이라고 다짐했기에……
  오늘 이곳에 여러분들을 만나러 왔습니다.

뒤풀이 자리에서
나는 김남주 시인의 바로 옆자리에 앉았는데
시인은 막걸리를 딱 한 잔 받아 마셨다
그리고 일주일 후에, 시인은 돌아가셨다
우리는 전혀 몰랐다
시인이 암으로 투병 중었다는 사실을
숨을 놓으시기 직전까지도 병상에서 달려 나와
노동자들을 만나고 가신 김남주여!
그 마지막 강연을 영영 잊지 못하는 사람들이 어디
그날, 가리봉오거리 목욕탕 건물에 듬성듬성 모여든
열댓 명의 노동자들뿐이겠는가

정우영

이토록 김남주는,

국립중앙도서관 뒤뜰 휘호석揮毫石 앞에
불쑥 김남주가 나타납니다.
김남주는 안쓰러운 눈길로
낯빛 어두운 바위를 쓰다듬어줍니다.
'국민독서교육의 전당' 이라는 글자 아래 새겨진
'대통령 전두환' 이 그 기세에 눌려
슬금슬금 문드러져갑니다.
거추장스러운 가식들을 다 걷어낸 바위가
평원으로 돌아갈 채비를 하고 있습니다.
한 짐 내려놓은 듯 참 평온한 얼굴로
김남주가 슬슬 사라지고 있습니다.
난경難境에 몰릴 때마다 세상은
이토록 김남주를 불러내는데,
이 재현再現이 그에게는 얼마나 버거울까요.
태초의 우주로 돌아간 그를 마냥
펼쳐 드는 것도 못할 짓이다 싶습니다.
그럼에도 굴종의 시간 가득 차오면 무엇보다 먼저
김남주가 떠오르니 이를 어쩐다지요?
경계를 넘어 상처를 위무하는 김남주가

처처물물 신음을 다독이고 있습니다.

천수호

전사 3

담쟁이덩굴 앞에서 투구 쓴 석고상들

아니, 재빨리 움직이는 눈동자 앞에서
담쟁이덩굴은 투구도 없는 전사다

애초에 누가 주인이었는지 모르는 언덕에서는
―무궁화 꽃이 피었습니다
노래 다발만 만발하고

두 번 걷다가 한 번 멈춘 것도 아닌
세 번 걷다가 한 번 멈춘 것도 아닌
물의 순리와 햇빛의 윤리를 따른 저 덩굴의 보폭

투구를 버린 지 오래된 시대에 나서
몸이 투구고, 시詩가 투구라고
그 순한 덩굴로 언덕 위 담장을 넘어가며
―무궁화 꽃은 졌습니다
노래 다발도 시들어갔다

전사는 투구의 역사를 노래로 기록했다

허수경

나의 사랑하는 시인

나는 다만 그를 나의 사랑하는 시인으로 기억한다 폭력
과 피의 거리 속을 온몸으로 거닐다가 고요히 시를 쓰던 갇
힌 방에서 시를 쓰던 그리고 시로만 남은 생의 모든 날숨과
들숨을 모은 시로만 오롯이 남은

나의 사랑하는 시인

그의 시를 읽으며 나는 자랐고 그의 시를 읽으며 나도 시
인이 되었다 내 시인의 마음이 한없이 초라해질 때마다 귀
퉁이 낡은 그의 시집을 펼치며 이국의 거리에서 하늘을 보
았다 그의 시들을 읽으며 모든 세상의 아름다운 노래들을
생각하며 걸었다

그가 번역한 하이네의 시들을 읽으며 이방에서 이방으로
여행을 하는 동안 이 세계의 아름다운 정치시 모두는 결국
사람의 마음을 울리는 시라는 걸 간절하게 보여주던

나의 사랑하는 시인

시인의 별은 찬란하지도 초라하지도 않고 다만 매를 맞으며 빛을 뿜어내는 별이라는 걸 매를 맞으며 눈물을 흘리다 어느 날 저편으로 가는 별이라는 걸 보여준

나의 사랑하는 시인

결국 가면서 길 위에서 그의 시집을 다시 펼칠 때 그의 시들이 쓰여지던 시대에 우리가 아직도 살고 있으며 앞으로도 살아갈 것이라는 걸 나는 안다 이편 동아시아에서 저편 오리엔트에서 그리고 모든 지구의 구석구석, 어디에서든 그의 시들이 펄펄 살아 움직인다 그래서 오늘도 여지없이 그의 시들을 읽는다,

나의 사랑하는 시인

황성희

검은 달력 붉은 꽃

검은 뿔테 안경의 사내. 달력 속에서 웃고 있다. 어디를
바라봤던 걸까. 김은 사내의 시선을 따라가다 발을 멈춘다.
빛바랜 별들 뒹굴고 있는 사각형의 바깥. 책장 사이 무성한
피의 소문. 나무마다 새긴 비명의 낙서. 평온한 그늘 밑 타
오르는 함성. 김은 사내의 얼굴을 넘긴다. 검은 세월이 넘어
간다. 사내의 표정을 들여다보다 문득. 김은 일기장을 펼친
다. 보이 조지의 새 얼굴이 나올 때마다 모았다. 교실에 모
여 올림픽을 보았다. 마니또에게 줄 선물에 열중해 있었다.
태양과 달이 예사로 뜨고 지고. 투명한 세월이 차고 넘쳤다.
김은 벽에 붙은 보이 조지의 얼굴 한 장을 떼어내 덮어쓴다.
거울 속에는 눈코입이 우그러진 보이 조지가 있다. 김은 길
을 딛고 선 두 발의 거짓말을 내려다본다. 반성의 스타일만
남았다. 감상문만 남았다. 호주머니만 남았다. 그래도 포즈
를 취하라면. 김은 달력 속 사내의 숫자를 오려낸다. 칠판에
다 붙여놓고 숫자 놀이를 한다. 앞을 뒤로 보내고 뒤를 앞으
로 보내고. 말랑말랑한 중간을 만든다. 이런 손놀림에는 자
신 있지요. 우그러진 보이 조지 검은 뿔테 안경을 향해 손을
흔든다. 붉은 꽃 하나 사뿐 검은 달력 밖으로 떨어진다.

바람에 지는 풀잎으로

오월을 노래하지 말아라

오월은 바람처럼 그렇게

오월은 풀잎처럼 그렇게

서정적으로 오지는 않았다

(…)

바람에 울고 웃는 풀잎으로

오월을 노래하지 말아라

오월은 바람처럼 그렇게

오월은 풀잎처럼 그렇게

서정적으로 일어나거나 쓰러지지 않았다

─김남주 「바람에 지는 풀잎으로 오월을 노래하지 말아라」 중에서

물질적인 관념에서 그것도 계급적인 관념에서

하는 것이 있습니다. 저는 그들의 각품을 읽어

더 많은 것을 생각을 가지게 되었습니다."

의 생명은 ~~전설~~(간듯) 에 있다. 그런데 그 감동은

서 오는가? 간듯 그것은 전설이라 본다. 전설

이려면 어디서 오는가? 적어도 계급사회에서

것은 계급적인 관념에서 인간과 사물을

그려이다// 라고 쓴 입니다. 불것의 예술은

언어에 질 일이라 전하려더니 할 정도는 아니

대단하거는 하겠지는 그 안의 자리도 계급적

인이 적혀 있는 것입니다. 그래서 저는

예술성이도 ~~~~~ 위의 저 생각이

라느로 적용되어야는 느끼기가 하고 생각함

그리고 또 저는 외국어를 배우면서 우리

실을 잘 이해하게 되었고 이해된 현실을

묘사할 수 있게 되었습니다. 여기더 작 비워

각 묘사한 수 있었다는 것은 바르게 비워를

바르게 묘사했다는 뜻입니다. 선생님 께

는 「우리 보내바르또 브뤼에르[8인]」에서

런 뜻을 찾습니다." 새로운 언어를 배우기

한 초보자는 항상 외국어를 일단 목록으로

역하지는, 그가 새로운 언어의 정신에 들

그래서 그 언어를 전선을 자유롭게 운전할

있게 되는 것은 서 언어를 사용하는 더 번

을 떠올림이 없이 그 언어 속에서 나름대로

을 찾고 새로운 언어 사용에서 자신의 번

망각하는 경우에 본이다// 저는 하이네

강신애

구름만이

창살 틈새로 내려앉은 태양을
가위로 오려 뿌리고 싶던 사람

햇살 폭탄을 던지는 족족
벽은 허물어지고
절망을 울던 새는 노래하리라 믿은 사람

겨울뿐인 창턱 위로 태양은 미지근하게 식어 있다

햇살 폭탄을 만지는 족족
붉게 데인 살이 후박나무 껍질처럼 떨어져
아무도 태양을 가까이하려는 사람이 없기 때문이다

그래도 헐떡이며 꽃은 피고 아이들은 태어나고
별은 드문드문 돋아난다

외로운 구름만이 하나의 슬로건을 우물거리며
흘러왔다 흘러간다

고영민

등꽃 그늘 아래

환한 웃음소리를 뒤로 한 채 우리들은 간다

우리가 가고 없는 자리에
홀로 남는
웃음소리

그건 우리가 몸을 비틀며 열렬히
사랑했다는 증거
두려워하지 않고 함께
싸웠다는 증거

저 혼자 고독하고
저 혼자 전능한

모욕도 복수도 없는
아주 먼 곳

꽃도 잎도 향기도 붕붕거리는 노란 꿀벌들도
모두 너와 내가 있던

과거의 어느 낮으로부터
왔네

김해자
노래의 거처

비 그친 밤
풀벌레 소리 천지간에 가득하다

컴컴한 풀덤불 속에서 들려오는
휘이리리 후이리리 후루루룩······
땀 흘려 일하다 밭두렁에서 막걸리 한 사발 넘기는······
아니다
저것은 사랑할 시간이 몇 시간밖에 없는
풀종다리 아픈 절규인지 모른다

드르르 드르르륵 드르르르······
저건 갓 미싱 탄 시다가 조심조심 발판을 밟는······
아니다
저것은 나 여깄어 제발 내 소리 좀 들어줘
사랑도 하기 전 날개 다리 부러질지도 모르는
삽사리 목숨을 바쳐 부르는 노래다

그대는 아시는가
제 몸끼리 부딪치는 것밖에 알릴 길이 없는

저 소리가 노래인지 울음인지
노래는 어디에서 나와 어디로 가는지
빛나는 것들은 소리를 담아둘 수 없으니
암만해도 밝은 별빛은 아닐 성싶어
노래의 저장소를 찾아 나는 자꾸 암흑 속을 올려다본다

뼈에 먹줄을 감아 소리를 그은 그대
세상에서 가장 가볍고도 무거운 것이 몸뚱이
그것이 악기 되어 울릴 때 나는
다리 속에 감추어둔 고막으로 그대 노래를 만지리라
제풀에 지친 울음이 노랫가락으로 풀려나올 때 문득

서효인

그의 옆집

그의 옆집에서 우리는 커피를 나눠 마셨다. 늙은 시인, 더욱 늙은 시인이 입술을 둥글게 하고 액체의 표면을 후후 불었다. 그의 옆집에서 우리는 장기를 두었다. 늙은 시인과 더 늙은 시인이 마주 보았다. 더욱 늙은 시인이 여러 가지를 참견하였다. 옆집은 조용하다. 그의 옆집에서 우리는 중국 음식을 주문했다. 짬뽕과 짜장면과 탕수육이 왔다. 늙은 시인이 침을 흘리고 더 늙은 시인이 랩을 뜯었다. 더욱 늙은 시인이 나무젓가락을 비대칭으로 갈라놓았다. 그의 옆집에서 북방의 냄새가 번져나갔다. 담을 넘어가는 빨간 냄새를 늙은 시인은 황망히 쳐다보았다. 덜 늙은 시인이 큰일 났다는 시늉을 하며 손을 휘적거렸다. 더욱 덜 늙은 시인이 스프레이 모기약을 뿌렸다. 그의 옆집에서 우리는 커피를 나눠 마셨다. 옆집은 조용하다. 물을 끓이고 종이컵에 프림을 부었다. 젊은 시인은 조용히 장기판을 다시 편다. 덜 젊은 시인은 담배를 물고 라이터를 찾는다. 더욱 덜 젊은 시인은 그러모은 침을 화분에 뱉는다. 옆집에서 사이렌 소리가 들리는 것 같다. 옆집에서 총소리가 나는 것 같다. 옆집에서 살이 터지고 뼈가 부러지는 것 같다. 우리는 늙었으니까 잘못 들을 수 있다. 우리는 젊으므로 행복할 권리가 있다. 우리는 그의 옆집에서 그의 발소리를 숨죽여 기다린다. 급기야 시인들은 서로를 몽둥이로 때리며 점점 분명해지는 옆집의 소리를 외면한다. 우리는 계속해서 늙었다. 옆집은 그대로다. 보이지 않는 것은 보지 않을 수 있게 되었다. 남은 음식이 뒤섞인 그릇을 오늘자 신문으로 덮는다. 악마의 행복도 이렇게, 치밀하지 못했다.*

* 김남주의 시 「학살2」에서 변용.

박두규

자유

만인을 위해 일하고 만인을 위해 싸우고 만인을 위해 몸부림치지 않고서야 어찌 나는 자유일 수 있겠느냐는 김남주의 자유는 신 너머의 신성이라고 생각했던 때가 있었다. 내가 아는 자유는 담배꽁초도 아무 데나 팍팍 버리고 술도 죽어라고 퍼마시고 아무 여자하고도 그냥 자고 몇 날 며칠이고 돌아다니고 싶으면 돌아다니는 그런 자유였다.

나는 김남주의 자유도 얻지 못하고 내가 생각한 자유도 얻지 못한 채 반백이 된 어느 날 자유에 대하여 다시 생각했다. 자유는 바다나 하늘 같은 것이라고. 어느 누구의 것도 아니고 쟁취할 수 있는 것도 아니고 어느 한 시대를 살다 가는 것도 아니라고. 언제나 모두에게 처음도 끝도 없이 그냥 있는 것이라고. 그리고 나는 김남주에 대한 미안함으로 내 사전에서 자유라는 단어를 지우고 불구의 몸으로 살았다.

신동옥

가난하고 한적한, 이것이 나의 슬로건이다*

1. 얼굴 없는 광경이 왔다

이생인가 아니면 이곳인가, 가난하고 한적한, 그 한복판에

헐고 한적한 자리에 저 홀로 우뚝한 송전탑 아래 서로를 놓아
인민의 본질적인 울음의 수원지에 잠기게 하시오 잠겨 침묵의 사자가 되게
그리하여 인민이 입을 다물고 자기 쪽만을 바라다보고 있다는 사실을 잊었을 때
자기 쪽만을 향하여 불어가는 바람의 주인이 되게 하시오 내내 휘감아 돌게 하시오

지금은 이 땅을 품어 안아 돌고 도는 바람의 향방이 바뀌어가는 계절, 항시
어떤 증오가 담벼락을 공회당을 강줄기를 날듯이 휘덮어 병 깊어가는 것이냐
어떤 증오가 뉘어놓은 버린 닳은 죽은 자들이 살아오도록 명하시오

이생인가 아니면 이곳인가, 가난하고 한적한, 그 한복판에

모든 자로 하여금 모든 자를 부축해 일으키는 화가 있어 어떤 용기가 화르륵
타올랐다가 수건에 땀이 마르기도 전에 삽날에 흙이 떨어지기도 전에
묏자리를 다져 주먹을 움켜쥘 제의마저 앗아가는 것

누구로 하여금 누구의 표정을 빼앗고 골을 비우게 하는 것이냐
누구로 하여금 누구의 비밀 일기를 대신 써버릇하는 악행이냐
삶이란 체념으로 넘어서야 할 하나의 고문이라고?
어떤 냉소와 협잡이 잠식하며 망각에 할당된 몸피를 부풀리는 것이냐

2. 그것은 자본

무엇인가가 뜬금없이 소용이 없어진다
무엇인가가 뚜벅뚜벅 어디로 가버린다
무엇인가는 갑자기 너한테 달라붙는다
무엇인가는 충동하며 할 일을 다 한다
무엇인가는 "어떻게?" "도무지 왜?" 물으며
네 노동의 밑바닥을 들여다본다 너는 비틀비틀
무엇인가의 물음으로 스스로를 부축하며
가까스로 노동 밖으로 빠져나온다 그러자
무엇인가 그것은 돌아가고 있다 재빨리
너는 무엇인가를 망치지 못한다 그러한
협잡의 저녁이 너를 무엇인가에 빼곡히 기입한다
네 노동은 무엇인가의 뒤편에 나앉아 무엇인가의 뒤통수
를 더듬는다
    네 노동은 무엇인가의 곁에 나란히 서 무엇인가의 밑을
핥는다
    네 노동은 무엇인가와 마주 선다 무엇인가의 어깨에 두
팔을 얹는다

어둠 속에 무엇인가 무엇인가가 무럭무럭 크고 커서 마
침내
무엇인가가 녹아 스민 대기에 너는 입을 댄다 숨 들이켠다

3. 그대 가난한 삶의 사태

그대
그대를 읽는 무리 중에 한사코 젊음으로 남은 이들로, 이
제사
우리의 무리에 들게 하고 남은 쓰레기를 마저 불사른 터
에 다시 살게, 하여
불은 그대를 먹어 없애고 또 먹어 없애 불길한 때가 그대
를 강에 장사지내게 두어라
돌아보며, 닳아가는 손금을 말아 쥐고 나는 살 테다 눈은
똑바로 하늘을 향한 채로

한 인간이었고 한 어머니의 아들이었고
한 무리의 촌장이었고 무당이었고 빨치산이었고

우리 곁에서 사랑받는 내일의 유혹자였고 상두꾼이었으며
한 어머니의 품 안에서 되살아난 한 아버지의 아들딸이
었고 마침내는 우리였느니
그대

4. 행장

사실 그대는 시인이기도 하였으나 저녁이면 상인으로 변
하는 사람이었지요, 불탄 들판을 맨발로 밟고 건너와 울음
한 자락 걸판지게 풀어놓고는 제 품을 흩어 넝쿨도 이삭도
없는 마른 풀을 꺼내 더운 국물 떠멕이는 시늉에 꿈자리 세
놓는 노래까지 노나 주고, 어얼쑤 춤추며 아픔으로 춤추며
어얼쑤 춤추며 쓰라림으로 춤추며 종내는 쓰라리고 쓰라려
서 아픔으로 자신을 앗아버린 앗김으로 그대의 시나위 가락
은 안간힘으로 뾰족함을 벼리는 것, 안간힘으로 뾰족함을
벼려

완고한 세상에 닥쳐오는 크낙한 분노를

완고한 세상을 잠식하는 크낙한 슬픔을

달래고 가는 것입지요
사람아 눈떠라, 저 닥쳐오는 잠식하는 것들, 도깨비 아니
고 무어냐

5. 치미는 집요한 아둔한

얼어가는 시퍼런 몸을 껴안고 되살아날
이생의 상념의 사업이여
스스로 명확한 자기살의여
끝장을 지키는 노래의 주림의 서로의
이름을 살아 그득 채우는 무진장으로
서로가 서로에게 최후가 되어 부르는 노래여
노래는 박살이 나 산산조각이 나 서로의 주림을 달래는 일
깨져 나뒹구는 조각 조각으로 그대와 나의 마당에 치미
는 불길을 달래는 일

사랑이여, 이 가난한 삶의 사태 아래 넘쳐 일렁이는 다가
섬으로 서로를 만드는 일

6. 스미는 노래

이생인가 아니면 이곳인가, 그 한복판
가난하고 한적한, 이것이 나의 슬로건이다

* 김남주 시 「똥파리와 인간」에서.

유종인

동료

동인천 역사驛舍 한편 낮술 하던 노숙露宿들 틈에서
빠져나온 여자가, 근처 공사장에 들어가 오줌을 누는데
술판이 끝나버릴까 조바심치는 엉덩이는
빤스도 반만 걸친 채 치마도 대충 추킨 채
내 눈길과 마주쳐도 아랑곳없이 즐거운 노숙인데,
여자는 다시 노숙들 낮술 속에 섞여 들어가
홍일점답게, 나름의 인기가 드높은 눈치다
얼마만인가 이런 인기人氣는
여자를 화사한 새색시 구름으로 달뜨게 한다
인간人間에게 인간人間이 온 것처럼 기쁘다
술보다 중독이 빠른 인기는
밑바닥을 단숨에 공중부양시킨다

한통속의 노숙들이 조였다 풀었다
신명나게 방자하게 불쾌하게
불행은 납작납작하게 두드려 바닥에 눌러 펴는,
노숙은
하느님도 때로 소낙비로 차일까지 치며 엿본다
참 재밌는 불행이야

114

참 웃기는 도탄이야
오줌 방울을 빤스에 묻히며 급히 노숙에 파묻힐 만큼
홍일점의 여자는
인기를 실감한다 밑바닥 인기가 쏠쏠하다
어느 편이야 하면, 인생人生이 하느님보다 낫다 싶다
오직 술과 무기력無氣力과 좌절의 노숙이 만든 종교단체다
그래도 인기는 제1성경처럼 밝게 읽히는 몸들이다

무소유無所有의 집단이
무소유로 주유천하하는
가만히 보라, 인간이 인간에게 가는 데는
저런 패배와 가난과 포기만이
유일한 소유所有처럼 보일 때가 있다
무섭도록 눈 돌리고 싶게 아찔한 나락임에도,
사람은 아직 사람에게만 가서 울고불고 인기를 절감한다

유희경

惡人이 있다

惡人도 취향과 취미를 갖는다 취향과 취미를 위해 惡人
은 방을 마련하고 빈 병을 가져다 둔다 惡人은 그 속에 무얼
채워놓을지 고민하면서 하루를 보낸다

모국어가 없기 때문이다,라고 惡人은 생각해보지만, 그
저 그런 공상에 불과할 뿐 낯선 말로 꿈을 꾸는 것도 쉬운
일은 아니다

惡人에겐 친구가 있다 惡人의 친구가 惡人일 거라고 생각
하지는 말자 제3의 언어는 쓸쓸하고 말 못하게 친절하므로

쉬운 정의는 금물이다 惡人도 규칙이 필요하다 바지를
내리거나 올리는 순서나 저녁 메뉴에 대한 惡人의 고민은
깊다

빗방울이 떨어지는 도시를, 惡人도 지난다 도시의 사건
사고와 惡人은 무관하다 무관하거나 아주 약간 관련이 있다

惡人도 죽는다 "惡人에게도 규칙은 필요하다"란 정의를

참조하도록 하자 "쉬운 정의는 금물이다" 란 정의도 잊지 않도록 하자

　惡人은 惡人을 알아보지 못한다 惡人은 거울을 보거나 빗질을 하지 않을 수도 있다 이것은 惡人의 습성이 아니라 개인 차이다

　惡人은 반복된다 惡人은 이따금 문장의 주어가 된다 惡人이 피해자일 경우, 그는 惡人일까 아닐까, 반복은 惡人의 선행이다

　도덕에 관한 한 惡人은 專門家이다 惡人의 서사에는 도덕이 필요하다 惡人의 적수는 惡人인 것이 분명하다 惡人의 연구는 여기서부터 시작한다

　惡人은 실패하거나 성공한다 惡人의 평범은 편견과 상식을 넘나들다가, 공중으로 걸어간다 그 외 惡人의 성공에 대해 아무 말도 하지 않겠다

언제나 분노와 탄압과 惡人은 공통의 것이고 가장 먼저 해체된다 가장 먼저 피를 흘리고 가장 먼저 죽는다, 그게 그 거지만

惡人을 관찰하는 이가 선한 사람은 아니다 惡人은 주로 종이 위에 있고, 惡人의 악의들은 오해받고 구겨지고 버려 지고 태워진다 여기 惡人이 있고 당신은 어떠한가

이하

게들의 적

―밤게2

바다는 죄다 어디로 쓸려 가는 게냐. 넘놀지 않고서는 한 시도 감당할 수 없는 밤게 한 마리, 개펄을 헤집어 앞으로 걷는다.

개펄에선 한결같이 옆으로 걸어야 한다는 법은 누가 정한 게냐. 집게발 내두르며 달려드는 너희들의 표정이야말로 뒤집힌 게의 들이밀 곳 없는 게 좆이다.

발악의, 밤게는 뒤죽박죽 개펄을 들쑤시며 저를 압박하는 선배 게들의 모랫길을 엎어놓는다.

모래의 아성牙城에서 나오지 않으려는 그대들의 신념이야말로 이 개펄의 상처, 저어새로부터 보호하기 위함이라는 붙박이들의 허울이야말로 바다의 적敵.

내버려두라.

그대들의 믿음은 그대들 것으로 족하니, 이대로 저어새한테 먹힌다면 등껍질로 목구녕을 찢어놓기라도 하지!

이병률

나는 나만을 생각하고
―해남, 고 김남주 시인 생가 앞에서

나는 나만을 생각하고
해가 진다
나는 나만을 생각하느라
다리를 건너다
다리에서 한없이 쉰다

우리가 우리만을 생각하는 것도 모자라
나는 나만을 생각하고
하염없는 것들은 우주의 속살로 썩는다

생각을 앉히고
생각 옆으로 가 앉지만
나는 지렁이

나는 나만을 생각하여서
나에게 던진 질문 따위는 흘러내리고
그러고도 지구를 반으로 가를 수 없음을 인정하면서

해가 진다

고개를 들 수 없는 땅이라
끊어지지 않는 몸으로 기어야 해서
나는 나만 생각하느라 뜨거운 적 없이
해가 지는 것이다

그리하여 별이 멀어지면 멀어질수록
나는 한사코 나만 생각하는 것이고
나에게로만 가까워지려는 것이다

이영주

사막의 노동자

새의 기원은 미궁에 빠졌다 조심스러운 학설이다 기원이 미궁에 빠진다는 것은

종아리가 긴 여자는 이국의 시골 마을에서 맨홀에 빠졌다 살점이 툭, 깊고 어두운 바닥으로 떨어졌다

삽을 던지고 한참 동안 사막에서 기다리는 중이었다 목소리는 가장 위험한 순간에 태어나는 걸까

사막에서 가만히 귀를 놓아버리면 달이 뜨고 난 후에 죽어가는 바람의 목소리 모래 안에 파묻혀 깊고 깊게 들어가는 새벽 추방당한 자의 뼈

아무도 모르는 곳에서 썩어가는 살점의 기원을 향해

구덩이 안에 얼굴을 묻고

시조새는 공룡의 족보로 옮겨 갔다 유전자는 언제든 피처럼 실체를 바꿀 수 있다 움푹 파인 그녀의 다리뼈는 어떤

질감일까

그는 피가 번진 사막에서 움직이지 않았다 견디는 중이었다 그것이 그의 첫 번째 행동이었다

순간 안으로 끈적하고 뜨거운 덩어리 하나가 떨어진다

음악 없이도 위로를 받을 수 있니? 미래라는 덩어리 하나 툭 떨어져 붉게 물들 때 나는 구덩이 속으로 들어간다 내가 그를 사랑하는 것은 죽어서도 이동하기 때문일까 내가 수많은 그들을 사랑하는 것은

음악은 길을 보여준 순간 길을 잃고 사라진다 전갈이 지나간다

그는 맨홀 속에서 움직이기 시작했다 가장 낮은 곳에서 가장 어두운 곳에서 다리뼈의 기원을 만들고 있었다 그것이 끝나지 않는 행동이었다

이진희

어느 봄날의 푸른 당나귀 꿈

당나귀 한 마리 해변을
바나처럼 푸른 당나귀 한 마리
분홍빛 모래 쓸려 가고 쓸려 오는 해변을
졸음처럼 아득한 방울 소리 울리며
방울은, 은으로 만든 방울
리본과 함께 꼬리에 달려 달그랑달그랑
걸어가고 있던 당나귀 앞에

위대한 마술처럼 커다란 물보라처럼 투명한
문

그 문을 넘어서기만 하면
추위가 폭염이 배고픔이 피곤이 채찍이 욕설이 두려움이
손가락질이 슬픔이 울분이
없다는 세계, 이 무슨 신기루 아니, 신천지란 말인가
당나귀는 목을 길게 빼고 깊숙이 들여다보았다
참 좋은 세계로구나 그런데 저기에는 또한
친구가 형제가 부모가 이웃이 죄의식이 장미꽃 울타리가
건초가 지붕이 없구나

텅 비어 그저 눈부시기만 하구나

당나귀는 오던 길을 되짚어갔다 그러자
비 갠 하늘처럼 푸르던 당나귀는 잿빛 당나귀로
분홍빛 부드러운 모래 해변은 을씨년스러운 절벽으로
툭, 은빛 방울은 어느새 떨어져 나가고
등에는 언제나처럼 아슬아슬 산더미 같은 짐
캄캄해지기 전에 도착해야 할 마을은 멀고도 첩첩산중

비탈진 자갈길을 미끄러져 내리며 한 걸음
그리고 다시 힘주어 한 걸음
견고함을 가장한 허약한 낱말들이 모락모락
머릿속에 피어오르는 것을 씩씩하게 뿌리치며
당나귀는 걸었다

이따금 쓸쓸한 목청으로 울기는 울었지만
결코 실현되지 않을 세계란 없다고 노래하며

장철문

대걸레, 혹은 사랑에 대하여

빗속에 물먹는 쓰레기는 아름답다
한 자리 공중을 마련해두고
자갈 위에 누운 꽃잎은 아름답다

기도가
흰 웃음 뒤에 웅크린 시커먼 하느님이 될 때도 있다
사랑이
복도에 거꾸로 세워둔 대걸레가 될 때도 있다

증오가 시가 될 때가 있다
치욕이 화두가 될 때가 있다

플루토늄도 반감기가 있다는 것을 잊을 때가 있다

말이 대궁도 없이 아름다울 때
환한 미소는 교활과 동의어가 된다

말이 꽃처럼 떨어지고
그 자리에

공중 하나 마련될 때
표정의 노파심에 화장실의 거울이 더러워지지 않는다

적의 미소를 용서하는 것은
적을 위해서가 아니다
적의 웅크린 신을 위해서가 아니다
더럽혀진 적의 종교를 위해서가 아니다

기도는 하는 자와 받는 자를 갈라놓는다
사랑은 하는 자와 받는 자를 갈라놓는다
용서는 하는 자와 받는 자를 갈라놓는다

그러므로 시는 짧을수록 좋다

적이 죽는 순간의
툭,
떨어지는 꽃잎은
흙바닥에 흔적을 남기지 않는다

진은영

버킷 리스트*

—1994년, 시인 김남주가 김진숙에게**

이보오 스물네 살의 용접공 아가씨
다섯 손가락에 불꽃을 달고 강철의 굳은 표정을 멋대로
자르고 이어대는
사랑스런 당신
당신은 먼 후일
더 높은 곳에 오르게 될 것이오

이봐요 아가씨
삶은 정말 주머니들로 가득한 옷 같소
이렇게 많은 감정을
이렇게 많은 사람을 전부 담을 수 있다니

이것은 마야코프스키의 말투라오
나는 당신과 닮은꼴인 시인들의 아름다운 목소리를 여럿
번역했지
물론 감옥에서 말이오
죽음의 발길질이 언제 시작될지 모른 채
가장 빛나는 은빛 양동이에 모든 노래와 소망을 다 담으
려 했지

제일 낡은 변두리에서 흘러나오는 더운 하수 같은 노래를
　　미로처럼 생긴 거리들에서 일제히 떠오르는 빨간 풍선
같은 소망을

　　거짓 없는 흰 발로 올라선 나의 양동이가 차이기 전
　　내가 마지막으로 작은 수첩에 적은 말은
　　해방
　　제국으로부터의 해방
　　모든 제국으로부터의 해방
　　이보시오 영리한 아가씨
　　당신은 서로 다른 풍경 뒤에 놓인 동일한 원인을 잘 알고
있다오

　　수빅의 노동자를 착취하려는 손길이
　　亞제국의 노동자를
　　제국과 亞제국의 이 어두운 거리들에 물끄러미 세워놓는
다는 것을
　　장난감 병정처럼
　　아이들이 떠나간 놀이터의 흰 모래밭에

팔다리가 부러진 채 간신히 꽂혀 있는 장난감 병정처럼

금지된 일터로부터 망명한 당신
다시 돌아가기 위해 17년을 기다리게 될 당신
이보오 올해가 그 마지막 해라오
힘을 내요 당신은 꼭 돌아가게 될 것이오

이봐요 환하게 웃는 반백의 아가씨
당신의 삶은 정말 주머니들로 가득한 옷 같소
얼마나 많은 슬픔
얼마나 많은 기쁨
얼마나 많은 분노
얼마나 많은 사람을 한꺼번에 담을 수 있는지

당신을
아침저녁으로 읽기 위하여
사람들은 점점 높아가는 가을의 고요하고 무거운 하늘을
올려다볼 것입니다
당신이 야윈 목에 매달고

찰랑이며 올라가는 슬픔과 기쁨의 양동이를

나는 그들과 함께 올려다볼 것입니다
그것이 나의 마지막 할 일
    나의 마지막 소망

            1994년 2월의 대학병원 병실에서……

* 버킷 리스트(bucket list) : 죽기 전에 꼭 하고 싶은 일들의 목록. 'kick the
  bucket(양동이를 걷어차다)' 라는 말에서 유래되었다. 이 말은 중세시대 교수
  형을 집행할 때 사형수가 딛고 올라선 양동이를 걷어차 죽음에 이르게 하는 것
  을 뜻한다.

** 김남주(1946~1994) : 시인. 1980년 남민전 사건으로 15년형을 언도받고 10여
   년간 감옥 생활. 수감 후유증과 과로로 건강이 악화되어 1994년 병원에 입원했
   으나 췌장암으로 그해 2월 사망. 창작 시집 외에도 네루다, 마야코프스키, 브레
   히트 등의 진보적 시들을 번역한 시선집 『아침저녁으로 읽기 위하여』 출간.
   김진숙(1960~) : 한국 최초의 여성 용접공. 21세에 대한조선공사에 입사했으
   나 1986년 해고당함. 회사가 부도 처리로 한진중공업에 통합된 뒤에도 부당해
   고에 저항하며 17년간 복직투쟁.

차주일

렌즈가 된 하루
—1994년 2월 13일*

1.

불세출의 유리공琉璃工들이 있었다.
그들의 과업은 나날의 겉면을 야음처럼 갈아대는 것이
어서
그들이 재임하는 동안
오늘에서 어제를 돌아보거나 내일을 내다볼 수 없었다.

그들보다 수천 배나 많은, 우리가
보이지 않는 시대에 나날이 분노할 때
가장 거칠고 어두운 하루를 껴안고 분투하는 자 있었다.
홀로,

그가 피와 살점으로 매흙질한 하루를 통해서
어제와 내일이 보였다.

그가 자신의 일생으로 만든 하루를, 우리는
오늘이라고 불렀다.

2.

간유리로 만든 출입문 앞에 멈춘다.
뒤와 너머를 은폐한 표면에는 미끼가 있다.
손잡이는 우리가 편안해하는 높이를 채집하고 있다.

등잔 밑에서 벌어지는 일 뻔히 아는; 첫날밤
끝내 문구멍 뚫어
한 가문의 설계를 들여다봐야만 안심했던,
고함보다 강한 침묵을 실천하던 검지를 물려받은 나
편안함의 유혹에 일순 손잡이를 잡아당긴다.

출입문 손잡이를 끌어당긴 주체는 나였으나
나는 뭍에 끌려 나온 물고기처럼 숨을 털어 먹는다.

3.

당기는 것에는 당긴 자를 옥죄는 올무가 있다.

장막 앞에 멈춰 서는 시간이 밀어젖히는 힘이라면
사후를 차용해서라도
내 일생을 모든 장막 앞에 정박하게 하리.

4.

등잔 밑이 어둡다는 말을 물려받은 나
손잡이 아래 간유리 표면을 손바닥으로 민다.

내 흔적 위에 누군가 손바닥이 겹치고
우리의 흔적 위에 또 그리고 또 누군가 손바닥이 겹친다.

우리의 땀과 손때 묻은 곳으로 뒤와 너머가 보인다.

 수백 나날 걸쳐 만든 이 역설적 투명을 하루라고 부르
겠다.

5.

어두운 나날이 계속되고 있다.

피와 살점 눌어붙어 가장 불순한 하루를 빌린다.
어둠을 통해 어둠을 본다.

고개 끄덕이는 만큼 보이는 어둠이 길이다, 라고 적는다.

* 시인이자 사회운동가인 김남주의 운명일.

최종천
빨갱이의 시

햇빛도 편식을 하는 모양이다
신동엽 선생 시비가 있는
공원으로 들어가는 우측에
간첩을 신고하자는 표어 간판의
빨간 글자만을 핥아 먹어버려서
조작된 간첩 사건을 연상시킨다
까만 글자들은 생생하게 살아서
바탕칠을 벗기며 일어서고 있는데
빨갱이들은 다 어디로 가버렸나?
이를 잡는 전통적인 방법이 있다.
양지바른 곳에 앉아 있으면 등과 목이 가렵고
이때다 하고 옷을 뒤집어 벗어야 한다
엄지손톱으로 딱! 딱! 터트리면
얼굴에 피가 튀긴다
아! 오랜만에 옷을 벗고 보니 햇살이 좋다
국보법은 폐기되지 않을 것 같아 보이고
햇볕정책은 이를 잡자는 것인지
상대방을 벗기자는 것인지
아직 그 효과가 구체적이지 않은 이때에

빨갱이라는 누명을 벗겨주실
햇빛이시여, 대한민국의 햇빛이시여
(이 햇빛은 김대중 선생의 아호도 비유도 아니니
극우들은 이해하시고,
괄호도 닫을 필요 없이 나는 그냥
시를 끝내고자 한다
빨갱이는 빨갱이만 만들 수가 있다
빨갱이 사냥터는 따로 없다
박정희 시대 같으면 이 시도
빨갱이가 쓴 빨갱이 시이다

함기석

작은 새

나무들이 푸른 수인복을 입고 서 있는
교도소 연못가
흔들리는 부들에 앉아
물결에 어른거리는 저녁달을 보네

달의 이마에 파인 물고랑으로
금붕어들 산책을 나가고
암말의 젖은 눈망울 같은 바람이 부네

물결 따라 일렁이는 당신의 웃는 얼굴
하늘은 노을을 뿌리다
어린 별들과 함께 물속
당신의 숨결 속으로 캄캄히 가라앉고

내 가슴에서 수면에 떨어진 깃털 하나
연못 바닥, 당신이 간 아름다운 진흙별에
영원히 닿지 못하네

물들의 소리 없는 파문을 타고

사랑처럼 혁명처럼
소금쟁이 한 쌍 물풀 사이로 환하게 지나가네
물결이 연못 밖 먼 우주로 퍼져가네

시적 자아와 영웅적 전사의 이중주

—김남주 시에 대한 정신분석적 읽기[1]

최애영 문학평론가

김남주는 시인인가, 전사戰士인가? 어쩌면 너무도 어이없는 질문처럼 들릴지도 모르겠다. 우리의 암울했던 한 시대를 대표하는 시인들 가운데 하나로 그를 꼽는 데 이의를 제기할 사람은 아무도 없을 것이기 때문이다. 그리고 그것은 그의 시 세계가 어떤 모습을 띠고 있는지에 대한 모든 질문 이전에, 우리의 독특한 정치적·사회적 현실을 시를 통하여 거침없이 고발하고 비판했던 시인 김남주에 대한 평가일 것이다. 더구나 이러한 시적 행위가 목숨을 내건 극단의 투쟁까지도 포함하는 현실 참여의 한 방법이었기에 이와 같은 평가는 더욱 숙연한 것이다. 그러나 시를 통한 그의 현실 참여가 민중 해방이라는 혁명적인 전망을 여는 데 가장 큰 의미를 두는 만큼, 그의 작품들은 서정적이고 미학적인 독서를 추구하는 자들의 거의 모든 종류의 시도를 차단하는 단절을 낳기도 했다. 시인 자신부터「시집『鎭魂歌』를 읽고」에서 "나의 시는 내가 싸운 싸움의 부산물 외 아무것도 아니"라고까지 말한 적이 있다. 이렇게 시인이 시와 투쟁이 하나이기를 바

---

1) 이 글은 동일한 제목으로 2000년, 『김남주 통신 1』에 게재된 바 있으며, 이번 기회에 표현과 생각을 미세하게나마 다듬고자 약간의 수정을 거쳤다.

랄 때, 다시 말해 시가 하나의 행동이기를 바랄 때, 그리고 그에게서 시인이라는 것이 곧 전사라는 것을 의미할 때, 그의 시를 읽는다는 것은 과연 무엇을 의미할 수 있는가? 이것은 특히 그에게 그토록 절실했던 투쟁의 명분들이 현실적으로, 어쨌든 가시적인 측면에서 상대적으로, 그 강도가 약해져버린 상황 속에서 더욱 우선적으로 풀어야 할 숙제이다.

어떻게 그의 시가 그의 투쟁에 동참하지 않은 독자들에게도 강렬한 감동을 불러일으킬 수 있는가 하는 질문에 대답하기 위해, 그가 경험으로 그려내는 기막힌 현실과 극단적인 고통, 그리고 이것을 재현하는 격렬하고 직접적인 표현을 내세우는 것으로는 충분하지 못한 것 같다. 시를 느낀다는 것은 단순히 입장 뒤바꾸기를 통하여, 작품이 떠올리는 세계를 의식적으로 짐작하고 이해하는 것을 뜻하지 않는다. 그렇다면 시대와 상황을, 그리고 신분과 가치를 뛰어넘어 모든 사람들이 공통적으로 느낄 수 있는 무언가가 있어서, 그것이 그의 시 세계의 가장 밑바닥에서 작용함으로써 그 세계 안으로 들어오는 모든 독자들에게 그 세계의 혁명적 혹은 영웅적 색채를 항상 유효하게 만드는 것은 아닐까? 그의 시가 행동을 의미하는 것이라면, 그리고 이것이 어떻게든 독자에게 감동을 준다면, 이때 발생하는 정서적 효과는 행동하지 않는 독자들을—바로 행동으로까지 이끌지는 않더라도— 간접적으로나 정치적이지 않은 방법으로 혹은 막연하게, 무의식에 뿌리내린 어떤 감정을 작용하게 하는 것은 아닐까?

우리가 김남주의 시 앞에서 던질 수밖에 없는 이러한 질문들은 염무웅이 그의 시집 『사랑의 무기』를 엮으면서 제기한 「김남주 시에 대한 의문」에 맞닿아 있다. 염무웅의 관점을 들어보자.

> 나는 이 선집을 만들기 위해 남주의 시들을 두어 차례 통독하면서 고심을 거듭하였다. 오늘 이 나라의 문학적 정세에 비추어 그의 시들은 어떤 적극적 의의를 가지며 또한 부정적 영향력도 행사하는가. 시라고 하는 것이 대체 인간의 삶에서 무엇일 수 있으며, 무엇이어야 하는가. 김남주의 시가 가진 매력이 그 자신이 의식적으로 지향하는 계급적 관점만으로 모두 설명되지 않는다고 할 때 이러한 현상은 어떻게 해명되어야 하는가. 그리고 노동 계급적 관점이라는 것 자체도 오늘 우리 사회의 현실과 운동을 포괄적으로 파악·추동하기 위한 보편성을 갖자면 그의 시에서 감지되는 것보다 좀 더 복합적이고 개방적이어야 하지 않겠는가. 대충 이런 의문들이 두서없이 떠올랐기 때문이다.

위에서 염무웅이 말하고자 하는 것은 우선 김남주의 글 속에는 의식적이고 즉각적인 형태로 설명되지 않는 어떤 힘이 있으며, 이것은 노동계급적 투쟁이라는 사회적·정치적으로 제한된 한 시대의 역사적 명분을 뛰어넘을 수 있을 것이며, 또는 그럴 수 있어야 한다는 것이다. 이때 이 비평가가 "김남주의 시가 가진 매력"이라고 말한 것은 독자들이 직관적으로 느끼는 것으로서, 분명히 시인이 의식적으로 추구하는 시 세계가 그 근거를 제공한다. 그러나 이 시적 환기력은 그의 시어들이 표면적으로 의미하는 것을 통해 독자들에게 의식적인 차원에서 주입시킬 수 있는 사상으로는 결코 대체될 수 없는 것이다. 염무웅은 그의 시가 생산해내는 정서적인 역동성들을 막연하면서도 아주 적절하게 다음과 같이 요약한다.

내가 생각하기에 시는 긴박한 현실문제에 불가분하게 깊이 연관되어 있으면서도 ─ 그리고 오히려 그러면 그럴수록 ─ 반동분자들이 좋아하는 낱말들 즉 영원이라든가 보편이라든가 인간의 내면이라든가 또는 그밖에 딱히 이름할 수 없는 무엇인가에 어쩔 수 없이 연루되어 있는 듯하다.

그렇다. 우리는 이 비평가가 "딱히 이름할 수 없는 무엇"이라고 지칭할 수밖에 없었던 것에 지금 관심을 기울이려 한다. 한마디로, 여기서 그것은 무의식을 의미한다. 어쩌면 무의식에 대해 말한다는 것이 반역사적인 발상으로 보일 수 있으며, 그의 문학 활동의 본질을 저버리고 그가 짊어져야 했던 죽음과 같은 고통의 절실함을 희석시키는 반동적인 시도로 비칠지도 모른다. 그러나 우리는 그 시대의 사회적·정치적 모순들에 접근하는 김남주의 시적 표현들 속에서 거의 본능적이라고까지 할 수 있을 원초적인 역동성을 아주 강하게 느낀다. 이 때문에 우리는 김남주의 시를 읽으며 그의 생동하는 육체에서 솟아나는 충동들이 생생하게 전달되는 느낌에 흥분하기도 한다. 그리고 이러한 것들이 우리의 내면에서 뭔지 알 수 없는 동요를 일으키는 것이다. 이것을 염무웅은 '매력'이라 불렀고 우리는 '감동'이라고 부른다. 사실, 이 두 단어는 불가분의 양면성을 지니고 있다. 그런데도 구태여 우리의 단어를 떠올리는 이유는 시간과 공간의 한계를 넘어 텍스트와 소통하는 독자의 존재를 새롭게 강조하고 싶기 때문이다.

그러나 우리가 김남주의 시를 읽으면서 이와 같은 소통을 경험한다고 해서, 그것이 곧 그의 무의식의 핵심으로 들어갈 수 있다는 것은 아니다. 한 인간의 무의식을 정신분석하기 위해서는 반드시 분석 대상과 분석가 사이의 실제적인 만남이 전제되어야 하기 때문이다. 물론 시인은 자신의 육체와 더불어 미학적이고 철학적인, 심지어 정치적 관념을 포함한 전 존재를 바쳐 글쓰기에 임하므로, 그의 작품이 하나의 문제 상황을 집요하게 다룰 때, 그 상황이 무의식적인 차원에서 그 시인에게 무엇을 의미할 수 있는가 짐작하는 것이 어느 정도 가능한 것은 사실이다. 그러나 그것은 어디까지나 작품이 그려주는 그의 이미지일 뿐, 실제의 모습과 어떤 형태로든 괴리가 존재하는 것은 어쩔 수 없다. 더구나 우리는 그 진위조차 알 수 없다. 그런 만큼, 시인의 내적 진실을 밝혀야 한다는 고심으로부터 독자가 자유로워지는 것이 생산적인 독서에 더 도움이 될 수 있다. 문학은 무엇보다 먼저 상상의 공간이 아닌가.

또, 우리가 무의식이라는 것을 떠올리고 그것의 작용을 이해하려는 순간부터 우리는 더 이상 김남주 한 사람의 무의식만을 문제 삼을 수 없다. 하나의 무의식은 의식이 내뱉는 말들 사이로 새어나가는 목소리를 감지할 수 있는 또 다른 무의식을 만날 때 비로소 그 존재를 인정받을 수 있다. 이런 의미에서, 의미 생산의 현장에 있는 독자의 무의식이 자신의 생동하는 육체를 동원함으로써, 텍스트에 실제적인 역동성을, 생명력을 최종적으로 현실화한다고까지 말할 수 있다. 그리고 바로 여기에 독자가 문학적 현실에 참여하는 의미가 있다. 이처럼 그의 작품이 독자 곁에서 의미를 갖기 위해서는 독자가 텍스트의 의미 생산에 실제적으로 참여할 수 있는 가능성이 인정되지 않으면 안 된다. 문학은 미래의 독자에게 열려 있을 때에만 생명력을 갖는다. 이것은 바로 염무웅이 김남주의 시 앞에서 직관적으로 느끼던 복합성이나 개방성과 결코 다르지 않다. 김남주의 시는 더 이상 그의 것이 아니다. 그것은 그의 손을 떠나, 이제 우리 모두에게 열려 있다. 요컨대 그의 시를 시로서만 읽으려는 새로운 문학적 접근의 한 시도로서 여기서 제시하고자 하는 것은 시인이 글쓰기를 통하여 홀연히 유품처럼 남겨놓은 텍스트 속으로 다시 들어가는 것이다. 그리하여 우리 자신의 무의식에 뿌리내린 주관적 독서를 통해, 시에 내재한 현실 참여적 요소들까지 녹아들어갈 수 있는 하나의 의미망을 구축하는 것이다.[2)]

이렇게 독서의 입장을 밝힌 만큼, 김남주의 시들이 독자에게 불러일으키는 감동의 비밀스러운 의미를 분석해 들어가 보자. 그러나 이에 앞서 먼저, 창작 속에서든 독서 속에서든, 그가 어떤 형태로 시와 관계 맺는가는 검토할 필요가 있을 것 같다. 왜냐하면 시인은 창작자인 동시에 자신의 시와 접속하는 첫 번째 독자이기 때문이다. 그리고 창작 과정에서 진행되는 쓰기와 읽기의 이중적인 작업의 과정에서 생겨나는 역동성은 그 자체로, 독자와

---

2) 이 독서 관점에 대해서는, 최애영, 「온 무의식으로 읽기 – 장 벨맹-노엘의 '텍스트분석'」, in 장 벨맹-노엘, 『충격과 교감 – 한 프랑스 비평가의 한국문학 읽기』, 최애영 옮김, 문학과지성사, 2010, pp. 251~279를 참고하기 바란다.

의 만남 속에서 새로이 작용할 수 있는 가능성을 의미하기 때문이다. 이러한 관점에서, 김남주가 어떻게 시를 쓰고 읽는가 하는 문제는 우리에게 중요한 것을 암시해줄 것이다. 그리고 이렇게 설정된 과제 속에서, 우리는 그의 시 속에 그토록 짙은 그림자를 드리우는 전사의 존재가 어떻게 그의 상상적 시 세계 속에 용해되어 있는가를 동시에 고려할 것이다. 어쨌든 오직 텍스드가 우리에게 그려주는 시인의 문학적인 역동성을 분석하는 것일 뿐, 결코 심리적 전기비평을 하려는 것이 아니라는 것을 다시 한 번 밝혀둔다. 이러한 입장에서, 오직 그의 시가 우리에게 제공하는 것들만을 분석의 대상으로 삼을 것이다.

먼저, 김남주의 시 세계를 구성하는 주제들 가운데, 주된 세 개의 범주를 살펴보기로 하겠다. 첫째는 민중 해방을 위한 혁명적 사상으로 고취된 전투적인 시들이다. 둘째는 그러한 사상적 바탕 위에서 시라는 것이 무엇이며 시를 쓴다는 것이 무엇인가에 대한 질문과 반성들을 담고 있는 시들이다. 그리고 셋째는 그의 영웅적인 자아를 형성하는 근본적인 환경이라고 할 수 있을 아버지와 어머니에 특별히 바쳐진 시들이다. 이때 첫 번째 범주를 지배하는, 시인의 혁명가적 기질은 나머지 두 범주에 깊이 연루되어 있다. 또한 아버지와 어머니는 시인이 혁명가로 성장하는 데 밑거름이 된 자들이며, 특히 아버지는 그가 해방시켜야 할 민중이라 일컫는 집단의 원형이기도 하다. 시에 대한 그의 관념은 민중의 삶의 뿌리인 대지를 기반으로 한다. 그리고 그는 시인으로서 자신의 모습을 노래할 때 전사로서의 역할을 동시에 천명한다. 이렇게 그의 시 세계는 민중과 조국의 해방이라는 역사적 대의와, 가난하고 힘없는 아버지와 어머니 그리고 그들의 틈바구니에서 성장한 어린 시절의 '나'가 구성하는 극히 개인적인 역사를 동시에 포함하며, 이 두 축을 하나로 묶어주는 것이 그의 시 쓰기 작업이다.

어떻게 시 쓰기가 이 두 축을 포괄하는가 하는 문제는 김남주의 시 세계가 그려내는 가족 소설의 구도 속에서 잘 드러난다. 여기서 일관되게 드러나는 것은 "어머니의 대지"(「전사 2」), 또는 "대지의 자궁"(「자유를 위하여」)과 같이 어머니에 비유되는 대지의 이미지들이다.[3] 그 대지는 노동에 뿌리내린 농민들이 이루어

---

3) 아이가 꾸며내는 가족소설의 가장 전형적인 특징은 아이가 어머니에 대한 절대적인 확신을 갖고 있는 데 반해 아버지는 그 진위가 항상 불확실하다는 것이다. 김남주의 시 속에서도 이러한 흔적이 드러나는데, 그는 「사실이 그렇지 않느냐」에서 "너와 나를 낳아준 어머니"와 "너와 나를 키워준 아버지"라고 쓰고 있다. 이것은 유교적인 전통 속에서 "아버지 날 낳으시고 어머니 날 기르시나"라는 가부장적 가족 체계를 뒤엎는 발상이다. 오토 랑크에 따르면, 이러한 가족 소설의 구조는 사람들이 영웅 탄생 신화를 지어내는 바탕을 이룬다. 김남주가 자신의 시 세계와 민중 해방이 어머니의 대지를 기반으로 한다고 말할 때, 우리는 그의 혁명적인 세계관이 어떤 무의식적인 토양 위에 형성되었는가를 부분적으로나마 짐작할 수 있다. 영웅 탄생의 신화에서 영웅은 아버지와 이중적인 관계를 맺는다. 아들의 탄생이 자신의 죽음을 위협한다는 예언 때문에, 아버지는 아들을 죽이려 하고, 어머니의 기지 덕택으로 강물에 몰래 버려짐으로써 생명을 건진다. 랑크에 따르면, 이것은 아이가 어머니의 자궁으로 되돌아갔다가 다시 탄생하는 환상을 떠올리는데, 영웅 탄생에 있어서 어머니의 중요성이 확실하게 부각되는 장면이다. 아이는 훗날 성인이 되어 자신의 신분을 확인하게 되면서 아버지와 재회하게 되고, 이때 위험에 처한 아버지의 원수를 갚는 사명이 영웅에게 주어진다. 우리의 독서에서 영웅 탄생의 신화가 관심을 끈다면, 그것은 이 신화가 박해자로서의 아버지와 아들의 권위가 인정받을 수 있는 보루로서 지켜야 할 아버지라는, 아버지와 혁명 주체 사이의 이중적 관계가 문제되기 때문이다. 이러한 시나리오가 어떤 무의식적인 환상을 구성하는지 알기 위해서는 좀 더 깊이 분석을 진행시켜야 할 것인데, 이 글이 이에 대한 하나의 관점을 어렴풋이나마 제시할 수 있기를 바란다.

야 할 혁명의 기반이며, 동시에 그가 추구하는 "시의 기반"이다 (「편지 1」, 『나와 함께 모든 노래가 사라진다면』). 그 반면 아버지의 이미지는 훨씬 더 복합적이다. 그의 시 속에는, 아내를 구타하고, 아들의 "공책이란 공책은 다 찢어 담배말이 종이로 태워"(「아버지」, 『옛 마을을 지나며』)버리고, 아들이 저녁을 먹은 다음 숙제를 하고 있으면 "석유 닳아진다 어서 불 끄고" 자라고 독촉하는 무지막지한 아버지의 이미지가 부각된다. 이렇게 아버지는 아들로부터 글쓰기의 물질적인 바탕을 박탈하고 지적 욕망을 부정하는 폭력적인 검열자의 모습을 띤다. 이와 같은 아버지에게 면서기나 조합 직원, 세리, 그리고 더 크게는 "금판사"[검·판사]와 같은 양복쟁이들의 삶은 아주 근사해 보인다. 그는 아들에게 "뺑돌이 의자에 앉아 펜대만 까딱까딱하고도/ 먹을 것 걱정 안 하고 사는 그런 사람이 되어주기를 바랐다". 후에 전사가 된 아들은 구슬땀 흘리는 노동이 인간을 생명의 대지에 가장 깊이 뿌리내리게 하는 지상 최대의 미덕이라 외치며, 금력과 자본 지향적인 아버지의 욕망과 한에 맞서 싸운다.

> 그는 죽었다 홧병으로
> 내가 자본과 권력의 모가지에 칼을 들이대고
> 경찰에 쫓기는 몸이 되었을 때
> 식구들에 둘러싸여 마지막 숨을 거두면서
> 그는 손을 더듬거리고 나를 찾았다 한다

아버지의 욕망 대상이었던 "권력과 자본의 모가지에 칼을 들이대"는 행동이 아버지의 임종의 순간과 일치하는 시적 흐름 속에서, 아들의 혁명적인 전투를 무의식적인 부친 살해 욕망에 조심스럽게 연결시켜본다. 모든 혁명이 그러하듯이 여기에도 부친 살해가 상징적으로 연루되어 있는 것이다. 그러나 여기서 혁명의 명분은 조국 해방이며 농민 해방이다. 이러한 입장에서 시인은 노동시를 통하여 아버지의 영토인 어머니의 대지에 깊이 뿌리내리고, 투쟁을 통하여 토지에 밀착된 농부(아버지)의 권리를 회복시키기를 바란다. 이것은 혁명과 관련하여, 두 가지 의미를 암시한다. 먼저 아들은 아버지를 살해하고 어머니의 대지 위에 자신의 질서를 세우려 한다는 것이다. 그러나 이를 통해 역설적으로 아들은 상처 입은 아버지의 권위를 동일시를 통해 복구시키는 작업도 동시에 진행한다. 이것은 단순히 정신병적이고 파괴적인 반란이 아닌 건설적인 혁명이 실행해야 할 두 가지 작업을 의미하는 것이며, 아버지에 대한 아들의 동일시가 전제되었을 때 더 잘 이해될 수 있을 것이다.

그리고 우리는 한 맺힌 아버지의 죽음 속에서 아들의 죄책감 또한 읽을 수 있다. 아버지는 아들에게 가해자이며, 그가 도저히 용납하고 싶지 않은 인물이지만, 동시에 의무감을 가질 수밖에 없는, 부정할 수 없는 존재이다. 이러한 이중적인 감정 속에서, 우리는 아들이 그리는 두 개의 아버지 얼굴을 확인할 수 있다. 한편으로, 그의 글쓰기 작업을 방해하고 그 토대를 박탈하던 박해자로서의 아버지 이미지를 권력과 자본을 움켜진 자들과 연상시킴으로써 이들을 처단해야 할 "매국노"(「어머님께」)와 압제자의 위치에 놓는다. 다른 한편으로, 농사꾼으로서 아버지의 핍박받는 이미지를 민중이라는 이름으로, 더 나아가 조국이라는—그는 모국이라는 말을 쓰지 않는다— 이름으로 숭고한 지위로 격상시킨다. 그리고 "가난한" 시인의 신분을 농부에—따라서 아버지에— 동일시하고(「시인과 농부」), 스스로 "조국"을 사랑하는 "애국자"[4]로 불리기를 바란다.

사실, 호미와 쟁기로 밭 갈고 씨 뿌리는 농부의 생산 활동은, 시가 시인에게 있어 육체와 정신의 모든 에너지를 사상의 대지 위에 투여하는 정신적 생산 활동인 것처럼, 육체가 호미와 쟁기라는 펜대로 토지 위에서 실현하는 노동의 글쓰기라 할 수 있다. 이런 의미에서, 농민이 그토록 소유하고 싶은 토지는 아버지가 그의 이기적인 욕망을 채우기 위하여 아들로부터 박탈했던 그 "공책"과 같은 의미와 기능을 갖는다. 토지와 공책은 모두 그 위에 무언가 주체의 활동을 새겨 넣어야 할 정신적·육체적 바탕이 되는 사물이다. 그리고 노동과 글쓰기를 통하여 그것들과 내밀한 관계를 맺고 싶은 욕망을 불러일으키는 충동의 모태이다. 이렇게, 김남주의 시 세계 속에서, 우리는 글쓰기가 처음부터 박탈과 결핍에 맞서 싸워야 하는 현실을 내포하고 있다는 것을 볼 수 있다. 그렇다면, 농민을 해방시켜야 할 혁명의 명분은 아들의 이

---

4) 김남주의 시 속에서, 혁명가는 농민인 아버지와 시인의 모습을 동시에 포함한다. 「녹두장군」에서 혁명가는 자신과 아버지의 이미지가 거의 융합된 상태로 그려진다. ("무엇 때문일까/ 백년 전에 죽은 그가 아니 죽고/ 내 안에 살아 있는 것은/ 내 가슴에 내 핏속에 살아 숨쉬고/ 맥박처럼 뛰는 것은// 그도 내 아버지의 아버지처럼/ 서너 마지기 논배미로 평생을 살았던 가난한 농부였기 때문일까/ 나와 같이 그 사람도 한때는/ 글줄이나 읽었던 서생이었기 때문일까")

러한 글쓰기 욕망으로부터 발전했다고 말할 수 있지 않을까. 여기서 아버지와, 그에 동일시된 시인, 아들은 동일하게 대지― 어머니의 기반 위에 서 있다.

이제 그가 시라고 하는 것에 대해 어떻게 생각하는지 살펴보기로 하자. 그의 시는 하나의 관념을 완벽한 형태로 표현하려는 예술가적인 노력의 산물이 아니다. 다시 말해 그는 엄격하게 계산된 시를 쓰지 않는다. 그는 끓어오르는 뜨거운 피로 시를 쓰기 원한다. 이 때문에 그의 시는 훨씬 더 직설적이고 충동적이다. 죽음의 능선을 넘나드는 싸움이 아닌, 관념적이고 서정적인 형태의 시를 그는 "인간의 육화된 내면의 방귀 소리"(「시를 대하고」)에 비유한다. 말하자면 공허한 감정놀음일 뿐이라는 것이다. "방귀"는 섭취한 음식물이 충분히 소화되지 못했을 때 내장이 뿜어내는 가스이다. 이것은 주체가 자신의 내부로 침투해오는 공격적인 외부 세계를 제대로 제어하지 못한다는 것을 의미한다. 그처럼, 입을 통해 내뿜는 시적, 정신적 방귀는 압제와 착취 앞에서 자유와 빵을 주장하는 뜨거운 외침을 내지르지 못하고 힘없이 피시 내뿜는 미지근한 입김에 지나지 않는다. 알맹이 없이 몸 밖으로 새어 나오자마자 흔적도 없이 사라져버리는 인간 내면의 가스는 현실세계 앞에서 느끼는 거북함과 공허함 그리고 그 밑바닥에 깔린 무기력감 자체를 가리킨다. 이렇게 우리는 "방귀"라는 말이 드러내는 항문기적 특성의 부정적인 측면에 빗대어, 세상 위에 우뚝 서서 새로운 질서를 내리고자 하는 혁명가의 영웅적 모습을 역으로 엿볼 수 있다.

항문기적인 특성이 보다 긍정적이고 생산적인 의미로 쓰이는 것은 김남주 자신이 정말 시를 쓴다고 느끼는 순간이다. 그의 「시를 쓸 때는」의 한 소절을 읽어보자.

> 시가 술술 나오는구나
> 거미줄이 거미 똥구녕에서 풀려나오듯이
> 막힘없이 거침없이 빠져나오는구나
> 기분 좋구나 어절시구 배설의 쾌감처럼
> 시원스럽기도 하구나 소위 카타르시스라는 것처럼

먼저 우리의 관심을 끄는 말은 "배설의 쾌감"과 "카타르시스" 이다. 굵직한, 그리고 "걸직한" 막대 덩어리를[5] 몸 밖으로 배출해 본 경험이 있는 사람이면 누구나 그가 느끼는 시원스러움이 어떤 것인지 충분히 짐작할 수 있을 것이다. 먼저 그것은 뱃속을 가득 채우고 있던 노폐물을 단숨에 몰아내는 승리감이다. 더구나 그것 이 "막힘없이 거침없이" 그리고 "거미줄"처럼 끊어지지 않고 길 게 빠져나오는 만큼 그 쾌감은 더 없이 후련한 감정을 일으킨다. 이처럼 그에게서 시적 활동이 하나의 배설 행위에 비유된다면, 그 것은 그의 시가 무엇보다 민중의 아픔과, 압제자와 그 앞잡이들이 가하는 폭력에 대한 폭로이자 절규라는 점에서 이해된다. 이런 의 미에서 그의 시는 서러움과 분노와 증오를 분출시키는 자기 정화

---

5) 이것과 대조적인 이미지가 「똥누는 폼으로」에 아주 재미있게 표현되고 있다. ("앉아 서 기다리는 자여/ 앉지도 서지도 못하고/ 엉거주춤 똥누는 폼으로/ 새 세상이 오기 를 기다리는 자여/ 아리랑고개에다 물찌똥 싸놓고/ 쉬파리 오기나 기다리는 자여")

의 기능을 갖고 있다. 그러나 이러한 배설 행위는 "백척간두에 모 가지를 내걸고" 하는 전투적인 행위이다. 죽음의 위험을, 그것도 아주 현실적인 위험을 무릅쓰고 실천하는 행동을 의미한다.

여기서 정신분석적인 입장에서 '항문기'가 의미하는 것이 무 엇인지 살펴보자. '항문기'는 아이가 항문 괄약근을 스스로 조절 할 수 있는 능력이 생김에 따라 발달하는 심적 형성 과정을 가리 킨다. 오직 자신만이 자신의 근육 운동을 제어할 수 있다는 사실 은 아이에게 엄청난 환상을 심어준다. 즉, 자신이 전적으로 세계 를 제어할 수 있다는 것이다. 아이는 아직 언어를 완전히 습득하 지 않았기 때문에 욕망이나 생각을 육체적인 충동들로써 표현한 다. 특히 이 시기에 아이는 세계를 장악하고 제어하는 한 형태로, 때에 따라 변을 극도로 참거나 아무렇게나 일을 저지름으로써 싫 고 좋음을 마음대로 표현한다. 항문기적인 공격성도 바로 이런 차원에서 이해된다. 즉, 때에 따라 거부하기 위해 참기도 하고, 혐오를 표현하기 위해 아주 적극적인 방법으로 배설해버린다. 이러한 공격성은 언어가 사고의 표면을 지배함에 따라, 조금씩 그 물질을 대체하는 말에 의해 상징적으로 표현된다. 아이들이 특히 재미있어하는 질퍽한 말장난이나 욕이 항문기적인 쾌감을 추구하는 대표적인 예이다. 김남주가 말하는 시적 배설의 쾌감 을, 우리는 이러한 맥락에서 이해할 수 있다.

또한 '항문기'는, 이유기를 거치면서 아이가 겪었던 어머니와 의 단절을 다른 방법으로 다시 확인하는 과정을 포함한다. 이유 기는 아이에게 더 이상 어머니와 한 몸이 아니라는 것을 일깨운 다. 이 시기의 아이는 자신이 섭취한 음식물들을 소화하면서 최초의 물질들과는 전혀 다른 형태의 새로운 물질을 자신의 배 속에서 생산하여 몸 밖으로 내보내는 과정에 특히 관심을 기울인다. 이것은 어머니가 아이를 잉태하여 출산하는 과정을 아이의 수준에서 이해할 수 있도록 해준다. 그 속에서 그는 자신이 생산하여 배출해낸 그 굵직한 물건을 자신과 동일시하게 된다. 또한 배변 훈련 속에서 어머니가 그에게 간절하게 요구하는 그 물건을 내줌으로써, 아이는 어머니의 욕망을 충족시켜주는 커다란 만족감을 누리며, 동시에 어머니의 욕망 대상이 될 만한 가치를 지닌 훌륭한 자신을 새로이 탄생시키는 경험을 한다. 여기서 우리는 김남주의 시에서 감지되는 영웅적인 기질이 어떤 무의식적인 배경을 가질 수 있는지 짐작할 수 있다. 다른 한편, 이 물건은 아이가 독자적으로 생산해낸 최초의 물건으로서 창조 과정에서 벌어지는 무의식 활동의 원초적인 형태를 보여준다고 말할 수 있다. 창조 행위는 무에서 이루어지는 것이 아니다. 다시 말해, 주체가 흡수한 모든 외적인 요소들, 즉 환경 · 교육 등과 같이 개인의 인성 형성에 영향을 주는 도덕적 · 철학적 혹은 미학적 배경이 창작의 재료가 되는 물질들과 ─ 여기서는 특히 언어와 ─ 서로 어울려 반죽되면서 새로운 형태의 사물이 창조되는 것이다. 이것이 미학적인 관점에서 다듬어졌을 때 우리는 이것을 특히 예술 창작품이라고 부른다.

이렇게 '항문기'에 대해 장황하게 설명한 것은, 시인 스스로 시 쓰기가 항문기적 특성을 동반한다는 사실을 직감하고 있음을 확인했기 때문이다. 혹시, 그에게서 시를 쓰는 행위는 항문기적인 공격성을 띤 하나의 실천적인 행동으로서 가치를 지니는 것은 아닐까. 더 나아가 혁명가로서의 굳건한 자아를 새로이 다지는 무의식적인 의미를 내포하는 게 아닐까. 그리고 이러한 예술적 창작 활동의 가장 밑바닥에는 이와 같은 무의식적인 효과들을 모두 내포하는 승화 과정이 동시에 진행되었던 게 아닐까. 즉, 그가 시를 쓸 때 느끼는 항문기적인 쾌감이 실은, 예술적 창작과 동시에 시를 통한 그의 미학적 실현을 가능하게 해준 원동력일 것이라는 말이다. 이때, 앞서 언급했던 것처럼, 미학적인 관점이 균형 잡힌 완벽한 형태의 추구만을 의미하는 것이 아니라는 점에 주의해야 한다. 미학이란 자신의 창작품이 그것을 감상하는 자들에게 어떤 심적·정서적 효과를 창출할 수 있는가 하는 것에 대한 원칙적인 고려이다. 김남주의 경우, 자신의 시를 통해, 압제와 착취에 대한 분노와 증오, 그리고 빵과 자유와 평등에 대한 갈구를 불러일으켜 민중의 마음을 들끓게 하려는 의도를 짙게 내보인다. 우리는 이러한 태도를 사회주의적 사실주의 미학에 속한다고 말할 수 있다. 그러나 우리를 사로잡는 문제는 그러한 미학이 어떤 형태로, 어떤 통로로 실현되는가를 살펴보는 데 있다.

승화 과정이 흔히 말하듯이 사회적으로 인정받을 수 없는 어떤 무의식적인 충동을 긍정적이고 생산적인 방향으로 전환시키는 데 있는 것이라면, 과연 그에게서 시 쓰기를 통하여 승화되는 충동은 무엇인가? 그의 시에는 명백하게 파괴적인 충동들이 드러난다. 죽창, 낫, 칼, 망치, 도끼, 총부리, 손톱, 발톱, 이빨 등 폭력적인 도구들이, 압제자와 관련하든 저항하는 민중과 관련하든, 서슴없이 등장한다. 그리고 피, 시체, 무덤, 어둠 등과 같은 죽음의 이미지들이 잔인한 학살과 격렬한 싸움의 장 한가운데서 활동하고 있다. 시퍼런 칼날로 갈기갈기 찢고 날카로운 창끝으로 찌르고 도끼로 내리찍는, 그래서 피가 용솟음치고 고통으로 몸부림치고 시체가 나뒹구는, 우리가 그의 시를 읽으면서 상상할 수 있는 이 섬뜩한 파괴의 장면들은 이빨로 씹고 찢고 분쇄하는 구순기口脣期적인 파괴 충동들을 생생하게 재현한다.[6] 저작詛嚼 활동과 관련된 이러한 구순기적 파괴 충동들은 젖을 빠는 단계 이후, 이유기를 거친 다음의 항문기와도 겹쳐 나타난다는 점에서, 앞서 살펴본 항문기적 특성이 지닌, 파괴를 초월한 생산성에 더욱 주목할 필요가 있다.

김남주의 시 세계에서, 이와 같은 파괴는 새로운 질서를 세우기 위한 필연적인 과정으로서 의미를 갖고, 그러한 질서를 절실하게 희망하게 하는 원인으로서 가치를 갖는다. "피"는 생명의 상징이자 모든 파괴의 극치라 할 수 있을 죽음을 동시에 떠올릴 수 있는 가장 효율적인 표현이라고 할 수 있다. 그렇듯, 피가 분출하는 죽음의 이미지는 전복과 파괴가 절정에 다다른 순간이며 가장 아름답고 숭고한 혁명의 순간이다. "피의 꽃"은 그의 시 세계의 한 중심에서 죽음을 아름다움으로 승화[7]한다. 이렇게 피의 미학이 성립될 수 있는 것은 비록 구순기적인 파괴성이 그의 문

---

6) 그의 시는 무기의 실제적인 기능과 그 효과의 잔혹성을 그대로 묘사하거나, 무기를 떠올림으로써 그것의 파괴성을 상상하게 함으로써 구순기적인 공격성을 환기시킨다. 또한 구순기의 공격적인 충동이 구강기관의 활동 그대로 표현됨으로써 증오와 분노를 천연스럽게 터뜨리는 것은 「불꽃」에서이다. ("활/ 불꽃이 타오른다/ 부자를 만나면 기름진 배때기/ 증오의 불길로 튀겨 먹고/ 활/ 불꽃이 타오른다/ 흰둥이 깜둥이 이방인을 만나면/ 저주의 낙인 까맣게 하얗게 태워 먹고")

학의 중요한 한 축을 이루기는 하지만, 무엇보다 시인이 그것을 문학 속에서 혁명의 숭고함과 아름다움으로 발전시켰기 때문이다. 구순기적인 파괴성이 항문기적인 충동을 통하여 창조적으로 전환되고, 굳이 그의 표현을 빌리자면, "배설"된다는 것을, 그리고 인간의 가장 원초적인 힘들이 (그의) 문학에 작용한다는 것을 그 스스로 직관적으로 감지했다는 것이 중요하다.

만약 그가 30대의 젊은 나이에 투옥되지 않고 계속 투쟁에 참여했더라면, 그리고 구체적인 전투에 들어갔더라면, 우리가 앞서 지적했던 구순기적인 공격성을 그가 실제로 살았을까? 이 질문은 조금 어리석어 보이지만, 사실은 매우 예민한 부분을 건드리는 것 같다. 가상의 혁명적인 전투가 가질 수 있을 역사적인 평가는 지금 우리에게 전혀 문제가 되지 않는다. 다만 여기서 명백해 보이는 것은 어떤 경우에서든 그 개인의 차원에서는 새로운 사회

---

7) 장 라플랑슈와 장 베르트랑 퐁탈리스는 『정신분석 사전』(임진수 역, 열린책들)에서, 다음과 같이 요약한다. '승화'는 "성욕과 특별한 관계는 없지만 성 욕동의 원동력이 되는 인간 활동을 성명하기 위해 프로이트가 가정한 과정이다. 프로이트는 주로 예술 활동과 지적 탐구를 승화의 활동으로 기술하고 있다. 욕동이 비성적(非性的)인 새로운 목표를 향하고 사회적으로 가치 있는 대상을 겨냥하고 있으면 승화되었다고 말한다." 또한 그들은 '승화'라는 단어가 고귀한 예술 창작의 숭고함이란 말이나, 고체 상태의 물질이 기체 상태로 곧바로 이행하는 과정을 떠올린다는 사실을 지적하면서, "사회적 평가가 참작되는 일종의 목표 수정과 대상의 변경"을 승화라고 부르자는 프로이트의 제안을 인용한다. 그리고 이 과정이 "자아의 자기애적인 차원에 거의 전적으로 의존하고 있다"는 사실을 마지막으로 지적한다. 여기서 위의 두 정신분석가는 이러한 자기애인 요소에 근본적으로 연루되어 있는 파괴성을 지적할 뿐, 그것이 어떻게 긍정적이고 창조적인 승화에 귀결될 수 있는지에 대해서는 언급하지 않는다. 이것은 예술 창작에 관심을 기울린 정신분석가들의 주요 연구 과제였고, 우리의 독서에도 중요한 이론적 방향을 제시해주고 있다. 김남주의 시 독서는 어떻게 파괴적이지 않고 긍정적인 창조적 승화가 이뤄질 수 있는지를 볼 수 있게 해준다.

의 건설이라는 영웅적인 명분이 있으며, 그가 했을 어떠한 파괴적인 행위도 그 명분에 의해 정당화되지 않을 수 없었을 것이라는 점이다. 다시 말해 그의 파괴성은 어떤 경우에도 이상적인 사회 창조라는 건설적인 기치 아래 있었을 것이다. 또한 그에게는 파괴를 위한 파괴라는 논리가, 만에 하나 그럴 수밖에 없었다 할지라도, 명분상으로는 절대 궁극적으로 성립될 수 없었을 것이다. 승화되어야 할 충동이 있다면, 그것은 초자아가 그 충동을 용납하지 않기 때문이다. 따라서 그가 승화시켜야 했을 충동은, 기존 질서를 부정하기 위해 벌였던 투쟁이 실제로 요구했을 파괴성을 가리키지는 않는다. 어쨌든 불의에 맞선 그의 시적 참여와 정치적 투쟁은 그의 초자아의 지시였기 때문이다. 따지고 보면, 실제로 행해졌을지도 모르는 폭력적인 행위들은 이미 그의 내면 가장 깊은 곳에 그 뿌리를 두고 있다. 그리고 그 행위들 또한 그의 시 쓰는 행위만큼이나 보다 높은 차원의 건설적인 목표를 지향하는 과정이라고 생각할 수도 있지 않을까. 그는 전사이면서 동시에 시인이기를 바랐다.

결국, 그의 시 표면에 드러나는 공격적이고 폭력적인 표현들은 마치 그가 의식적으로는 도저히 행할 수 없었을 난폭한 충동들이 시를 쓰는 과정에서 해소되고 길들여졌을지도 모른다는 가설적인 수준에서 막연히 이해될 수는 없다. 그렇다면, 구태여 이러한 것들을 내세우기 위해 승화라는 것을 운운할 필요는 없지 않았을까. 그의 시 창작에서 드러나는 항문기적인 특성이 암시해준 예술적 승화 과정은 우리로 하여금 좀 더 깊이 그의 시 세계로 들어가도록 요구한다. 이것은 그의 전투적인 삶의 배경이 되는 무의식적인 움직임이 시 속에서 어떻게 분산되어 다루어지고 있는가 하는 문제에 연결된다. 이 문제에 접근하기에 앞서, 우선 그가 독자와 어떤 관계를 맺으며 그 효과가 어떤 형태로 발현하기를 원하는지 잠시 살펴보자. 아마도 이러한 작업은 그가 시를 통해 최종적으로 도달하려는 것이 무엇인지에 관해 좀 더 중요한 것을 이해하도록 해줄 것이다.

그는 「시를 쓸 때는」에서, 시를 "뜨는 해와 함께 밑씻개가 되기 위하여 이 밤에 써라", 그리고 "쓰는 족족 어둠으로 지워가면서", 그리고 "찢어가면서 써라" 하고 외친다. 작품 자체를 다시 항문기적인 충동으로 비천하게 다루고 있다. 어떤 의미에서, 자신이 만들어낸 창조물은 자기 자신의 소중한 복제품과 같다. 그렇다면, 이처럼 시를 학대하고 폐기하는 그의 행위를 그저 자학적이라거나 패배주의적이라고만 말할 수는 없을 것이다. 더구나 "뜨는 해"가 흔히, 아버지에 의해 제어되는 이른바 '상징계'를 표상한다는 점에서 그러한 해석은 더욱 충격적이게 들릴 것이다. 암흑 속에서 박해받던 '나'는 밝은 태양 아래조차 설 자리가 없기라도 하듯 말이다.[8] 성급하고 단정적인 판단은 잠시 유보하

---

8) 그의 시에서는 "대지", "별", "밤", "피", "꽃", "새벽" 등, 어떤 일정한 심적 가치를 구현하는 일련의 비유들이 있는가 하면, 그 심적 가치가 애매한 경우도 있다. 예를 들어 「갯더미」에서 한낮의 불타는 태양은 밝은 세상의 행복한 질서를 암시하기보다, "폐허를 가로지"르는 시련의 시간대로서 오히려 황혼이 지면서 다시 통과해야 할 폐허의 암흑을 연상시킨다. "동천(東天)에서 태양이 떠오르자"마자 "서천(西天)으로 사라지는 달"을 아쉬워하고 지는 별들의 죽음을 애통해 하고 그들의 부활을 위해 "새벽의 언덕에서 기도"하는 시의 흐름은 흔히 아버지의 권위를 표상하는 것으로 받아들여지는 태양의 상징적 가치를 전복시킨다.

고 그의 시를 계속 읽어보자.

분명, 그는 자신의 시가 독자에게 읽히고 그가 말하고자 하는 내용이 전달되기를 바랄 것이다. 그러나 그가 동시에 잘 알고 있는 것은 독서 과정에서 생산되는 의미들이 결코 자신의 의도대로 미리 결정될 수 없다는 엄연한 현실이다.

사후의 부활? 아나 천주학쟁이 너나 먹어라 내던져주고 써라

사후의 평가? 아나 비평가 너나 처먹고 입심이나 길러라 하고 써라

네가 쓴 시가 깜부기가 될지 보리밥이 될지 그것은 농부에게 맡기고 써라

네가 쓴 시가 꼴뚜기가 될지 준어가 될지 그것은 어부에게 맡기고 써라

네가 쓴 시가 황금이 될지 똥금이 될지 그것은 광부에게 맡기고 써라

네가 쓴 시가 비싸게 팔릴지 싸게 팔릴지 그것은 임금노동자에게 맡기고 써라

모든 것을 독자들의 심판에 맡기고 의연하게 시를 써야 한다. 시를 쓰는 동안에는 철저하게 '나 자신'이 되어 시를 써야 한다. 시를 쓰기 위해 자신의 내부로 침잠한다는 것은, 그에게, 무엇보다 "겨드랑이에 소름이 돋고 아랫도리가 떨려오는" 죽음의 공포와 "피비린내 나는 고문도구들"의 위협을 모두 무시하고 "귀를 막고 침묵 속에서" 쓴다는 것이다. 그에 따르면, 이런 자세로 시

를 쓰면 "똥구녁에서/ 걸직한 것이 막힘없이 거침없이 빠져나오듯이 술술" 시가 나올 것이다. 이렇게 죽음의 경계선에서, 그리고 어둠 속에서 찢고 지워버리고 폐기해버리면서, 거의 자학적으로 쓰는 시는 결국, 자신의 내부에 아직 조금은 살아 있을 비겁한 자아를 죽이는 과정이 된다. 비겁한 자아를 죽임으로써, 암흑을 벗어나 뜨는 태양을 맞으며, 나쁜 아버지, 박해하는 아버지의 죽음까지도 동시에 실현할 것이다. 그의 시 세계에서, 승리를 위한 필연적인 과정으로서 죽음이 등장하는 이유도 여기에 있다 할 것이다. 그렇다면, 그렇게 창조된 그 굵직한 시 덩어리는 시대에 맞서 당당하게 선 영웅적인 시적 자아의 탄생을 의미하는 게 아닐까. 아울러, 시인에게 독자로부터의 자유 또한 바로 그러한 전사의 영웅적 탄생의 조건이라 할 수 있지 않을까. 독재자가 자신의 권력을 강제로 인정받는 것과 반대로, 혁명가가 민중으로부터 자발적인 추앙을 받기를 원하듯 말이다. 왜냐하면 그때야 비로소 그의 시가 진정한 힘을 발휘할 수 있을 것이기 때문이다.

그렇다면, 그의 시가 독자들의 가장 깊고 가장 절실한 부분에 와 닿으면서 감동을 줄 때 어떤 현상이 벌어지는가? 치밀어 오르는 분노와 들끓는 피가 싸움의 꽃이 되게 하는 것일까? 당장이라도 죽창 높이 처들고 행진하는 것일까? 어쩌면 김남주는 그것을 바랐을지도 모른다. 그러나 그가 시를 어떻게 시적으로 느끼는지 우리 스스로 그의 시를 통해 감지해보는 것이 여기서는 더 흥미로운 일일 것 같다. 「그들의 시를 읽고」를 따라가 보자. 하이네, 마야코프스키, 네루다, 브레히트, 아라공과 같이 나라도 다르고 시대도 다르고 언어도 다른 시인들의 시를 읽으면서, 그는 노동으로 대지에 뿌리내린 "투쟁의 나무가 흘리는 피의 맛과도 같은" 그 무엇을 느낀다. 그리고 그는 그 격렬한 삶을 노래하는 이 시인들의 작품을 읽으면서 무엇보다 생동하는 육체를 느낀다. "천사"의 "유방", "비너스"의 "궁둥이", "공동묘지"에서의 "입맞춤", 그리고 "박꽃처럼 하얀 허벅지"가 계급투쟁과 어우러지면서 그에게 주는 감동은 생명으로 충만하다.

> 나는 자신한다 감히 다른 것은 자신 못해도
> 밤으로 낮으로 형이상학적으로 이마에 내천자를 그리며
> 육체의 허무를 탄식하는 도덕군자들도 그들의 시를 읽으면
> 느끼게 될 것이다 빳빳하게 일어서는 아랫도리의 물질로
> 나는 자신한다 감히 다른 것은 자신 못해도
> 플라토닉 러브 어쩌고저쩌고하는 순수 여류시인들도
> 그 시를 읽고 감격해 마지않는 신사 숙녀 여러분들도
> 알게 될 것이다 그들의 시를 읽으면
> 자신들도 관념이 조작해놓은 위선의 인간이 아니라는 것을
> 축축하게 젖어드는 아랫도리의 물질로 알게 될 것이다.

육체가 표현하는 모든 욕망의 에너지가 한 곳에 집중하는 순간이다. "빳빳하게 일어서는" 그 "아랫도리의 물질"이 거기에서 땀과 체액으로 "축축하게 젖어드는" 흥분과 함께 '나'가 진실로 존재한다는 것을 온몸으로 느끼게 하는 순간이다.[9] 이처럼 주체가 육체를 통해 가장 적극적으로 살아 있음을 느끼는 순간은 바로 사랑과 욕망이 절정에 도달했을 때이다. 김남주에게, 이 순간

은 시를 읽고 흥분하고 열광하는 순간이며, 노동을 통하여 자연과 한 몸이 되는 순간이며, 자유와 풍요로움을 누리는 순간이다. 이것은 관념이 조작해낸 공허한 추상이 아니다. 끓어오르는 욕망이 '나'와 타인을 절실하게 부르는 그 순간이며, '나'와 타인이 반드시 거기 함께 있어야 하는, 다시 말해 만남이 절대적으로 필요한 때이다. 이처럼 그가 혁명 시인들의 시를 읽을 때 받는 감동은 전투적이거나 폭력적이지 않다. 오히려 이것이 육체적이고 성적인 통로로 분출되는 것인 만큼 아주 강력한 무의식적 욕동들이 그 바탕에 깔려 있다. 시가 어떤 물리적인 힘보다도 강력한 위력을 갖는 것은 이처럼 무의식의 적극적인 활동을 부추길 수 있는 마력을 갖기 때문일 것이다. 시적 감동은 하나의 비폭력적인 혁명일 수 있으며, 때로는 무의식적인, 그렇기 때문에 이성적으로 이해될 수 없는, 흥분의 원동력이 될 수도 있다.

그는 「그들의 시를 읽고」의 앞부분에서 이미 그 "아랫도리의 물질"에 대해 아주 상징적인 해석을 내린다.

한마디로 말하자 그들의 시에는
인간이 있는 것이다 육체를 가진 인간이 있고
인간과 인간 사이를 원수지게 하기도 하고 동지이게 하기도

---

9) 시인이 남성이기 때문에, 남성 성기에 의해 '팔뤼스'가 상징되고 있는 것은 지극히 자연스러워 보인다. 성적 쾌감이 육체의 어느 특정 부위의 발기와 밀접한 관련이 있다는 사실이 여성, 남성 모두에게 동등하게 적용될 수 있다는 점은 이미 잘 알려져 있다. 그러나 우리에게 더욱 중요한 것은 한 주체가 '팔뤼스'를 상징하는 대상들에 대해 부여하는 심적 가치는 성별과 상관없이 깊이 공감하며 소통한다는 사실이다.

하는

　물질이 있는 것이다 그 깊이와 역사가 있는 것이다

　그 "물질"이 인간과 인간 사이에 갈등을 일으키기도 하고, 하나의 가치를 위해 뜻을 모으게도 한다면, 그것은 단순히 인간의 성적 욕망을 표현하는 동물적 기능의 대명사가 아니다. 그것 때문에 사람들이 철천지원수가 되기도 하고, 생사를 같이 하는 동지가 될 수도 있다면, 그 물질은 어떤 거대한 심적인 가치를 상징한다고 말할 수 있다. 이러한 심적 가치는 인간의 무의식적인 욕망과 결부되어 있으며 정신분석 용어로 '팔뤼스phallus'라 부른다. 이것은 자신의 것을 타인이 욕망한다고 느끼고 그것을 타인에게 준다고 느낌으로써만 자신이 그것을 소유한다고 확신할 수 있는, 말하자면 일종의 상징적인 교환 매체로서 존재하며, 소유에 대한 나르시스적인 만족감을 의미한다.

　즉, 위에서 설명했던 항문기에 있는 아이에게 변便이나, 어머니와의 관계 속에서 아이가 차지하는 심적 가치, 그리고 돈이나 선물 등은 모두 '팔뤼스'를 표상한다. 그리고 특히 남근기를 거치면서, 시인이 말하던, 그 "빳빳하게" 일어선 "아랫도리의 물질"이 '팔뤼스'를 상징하는 대표적인 사물이 된다. '팔뤼스'에 대해 프로이트는 특히 무의식적인 감정에 의거하여 설명했는데, 권력을 추구하거나 부를 축적하려는 야망, 혹은 이념을 위해 목숨을 바치는 영웅적 행위 속에서 모두 '팔뤼스'를 뒤쫓는 무의식적인 주체의 활동을 엿볼 수 있다. 그리고 이러한 것들이 역사를 움직여온 것이 사실이다. 김남주는 바로 그 "물질" 속에서 인간의 역사를 움직인 주체의 내적 동력을 짐작했던 것이다.

여기서 다시 질문을 하나 던지기로 하자. 그가 시를 읽으면서 느끼는 육체적인 흥분은 무의식적으로 무엇을 의미할까? 우리는 그가 "물질"이라고 부르는 것의 무의식적인 가치를 최소한으로나마 파악하였다. 그가 시를 읽으면서 받는 감동과 주체가 '팔뤼스'에 관계하여 취하는 입장을 연결시켜 생각해보자. 라캉은 '팔뤼스'를 구조적으로 설명하면서 주체가 선택할 수 있는 두 가지 위치가 있다고 한다. 즉, '팔뤼스로 존재'하는 것과 '팔뤼스를 소유'하는 것이다.

민중을 이끄는 혁명 시인이 되기를 스스로 희망하는 시인이 민중의 삶을 노래하는 시를 읽으면서 경험하는 흥분 상태를 우리는 영웅적이라고 말할 수 있을 것이다. 그런데 시인은 그 흥분을 자신의 육체 한 중심에서 그 뿌리가 꼿꼿이 서는 순간에 비유하고 있다. 욕망이 절정에 이른 이 순간은 상상의 타자가 욕망하는 그것을 충족시킬 수 있으리라는 희망과 용기가 용솟음치는 듯한, 더 나아가 그것 자체가 된 듯한 뿌듯함을 느끼는 순간이다. 이것은 존재가 그 뿌리째 살아 있음을 가장 뜨겁게 느끼는 순간이며, 무엇이든 성취해낼 수 있을 것 같은 나르시스적인 충만감에 한없이 부푼 순간이다. 그리고 김남주 자신이 우리에게 일깨워주었던 것처럼, 바로 이러한 심적 동력이 민중을 이끌 수 있었던 자들로 하여금 역사의 변화를 추동하게 하는 힘이 되어왔다.

김남주는 "하늘의 별", 혹은 "대지의 별"(「역사에 부치는 노래」)이라 부르며 나라의 장래를 걱정하고 민중을 각성시키려 했던, 역사에 남은 애국자들을 찬양한다. 이들은 단순히 타인이 자신을 욕망해주기를 욕망했던 자들이 아니다. 그들이 내세우는 대의가 자신의 존재를 통하여 전달되기를 간절하게 원했던 자들이며, 그들 자신이 추구하는 가치의 화신이 되기를 바랐던 자들이다. 이들은, 말하자면, '팔뤼스' 그 자체를 상징하는 인물이 되기를, 때로는, 심각하게는, 그것 자체로 '존재하기'를 간절히 원했던 자들이다. 그럼으로써, 그 자신이 새로운 세계를 건설하는 정신적인 지표가 되기를 바랐다. 그 '애국자'들은 어머니의 품에서 자신이 그 세상에서 가장 중요하고 의미 있는 존재라는 것을 느끼던 최초의 충만감을 역사적인 대의명분 속에서, 비록 그것이 현실적으로 엄청난 고통을 수반하는 일일지라도, 다시 사는 것이라 할 수 있다.

시가 그에게 주는 감동이 온몸으로 느낄 수 있는 것이라면, 그것은 거기에 그의 무의식까지 포함한 전 존재가 투여되었기 때문이다. 그의 시적 감동이 그와 우리 모두에게서 의미하는 것은 그가 참된 삶이 무엇인지 확인하면서 자신이 추구해야 할 삶의 형태를 밝힐 때 확연하게 드러난다. 「벗에게」의 마지막 부분을 읽어보자.

　　— 참된 삶은 소유에 있는 것이 아니고 존재로 향한 끊임없는
　모험 속에 있다는
　　투쟁 속에서만이 인간은 순간마다 새롭게 태어난다는
　　혁명은 실천 속에서만이 제 갈 길을 바로 간다는—
　　그 말을 되새기며.

여기서 흥미로운 점은 혁명가로서 새롭게 탄생하는 것이 '팔뤼스로 존재하기'와 맞닿아 있다는 것이다. 사실, 권력이나 금력을 '소유'하고자 하는 저항하기 힘든 욕망은 근본적으로 그러한 '소유'가 상상세계 속에서 얼마든지 절대 권력자로서 군림하는 듯한 충족감을 일으킬 수 있기 때문에 절실한 것이다. 여기에는 주체가 자신이 소유하는 물질과 자신을 동일시하는 나르시스적인 환상이 지배한다. 그러한 환영을 뒤쫓는 맹목적인 '소유'가 있는가 하면, 무의식적 환상을 통해 충만감을 맛보는 상상세계 속에서 팔뤼스처럼 존재하는 것이 아니라, 보다 높은 차원의 질서를 세우는 중심의 가치로 전환된, 이른바 '상징 체계적' 가치 질서를 정립하는, 민중을 이끄는 '팔뤼스적인' '존재'가 있다. 혁명가가 매 순간마다 투쟁 속에서 "존재"를 추구하는 것은, 다시 한 번 말하건대, 바로 새로운 영웅 탄생을 의미한다. 혁명은 실패할 경우 단순히 몇몇 과격분자들의 위험한 이상주의적인, 공상적인, 더 심각하게는 정신병적인 행각으로 축소되거나 변질되고 때로는 죽음과 함께 끝장나고 만다. 그러나 성공했을 때, 혁명은 전복된 과거의 폐허 위에 새로운 질서 체계를 세우고, 혁명가는 자신이 건설한 새로운 질서를 제어하는 '상징적 아버지'의 위치에, 그리고 최초의 완벽한 아버지의 이미지에 대한 환상이 깨어지기 이전의 그 절대적인 아버지의 모습을 모방하여, '상징적 팔뤼스'로서 우뚝 서게 된다.[10] '팔뤼스로서 존재하기'의 위험과 그 영광의 씨앗이 혁명가의 삶 속에 동시에 존재하는 양면성을 보게 된다.

지금까지 우리는 스스로를 "혁명 시인", "민중의 벗" 그리고

"해방 전사"(「나 자신을 노래한다」)라고 부르는 김남주가 시에 어떤 의미를 두고 있는지 알아보았다. 우리는 파괴적인 피의 미학을 예술적으로 승화한다는 것이 단순히 구순기의 공격성을 문학작품으로 빚어내는 데 성공한 것이라고 간단히 정리하는 데 만족할 수 없었다. '승화'는 자아를 굳건하게 다시 세우는 것을 궁극적으로 지향한다. 그는 시를 쓰고 읽으면서 자아의 절대적인 위력을 꿈꾸는 원초적인 나르시시즘을 최대한 강화시키는 데 성공하였다. 그것은 바로 주체가 오이디푸스 단계를 거치면서, 욕망하는 주체로서 바로 서기 위해 포기해야 했던 '팔뤼스로서 존재하기'의 위치로 '상징적인' 방법으로 되돌아가는 데 성공했음을 의미한다.[11] 그리고 그것은, 김남주에게, 어머니의 대지에 뿌리내림으로써 생명의 원천인 모태로부터 길러온 정신적 · 육체적 에너지를 창조적인 방법으로, 시와 노동(싸움)을 통하여 불태우는 것을 의미한다. 그렇기에 그의 피의 미학은 파괴와 전복만을 일삼는 공포의 미학이 아니라, 가슴 뛰게 하는 혁명의 미학이 될 수 있는 것이다. 결국, 이러한 상황 속에서 주체가 추구하

---

10) 참고 삼아, 「거대한 뿌리」의 첫 부분만 인용한다. "장성 갈재를 넘으면 거기 산 하나 있다 무등산/ 그는 하늘에 우람한 수목을 기르지 않는다 그 자신이 우람하다/ 산을 오르다 보면 거기 산기슭에 사람 하나 있다 강영균/ 그는 대지에 거대한 뿌리를 내리지 않는다 그 자신이 거대하다"

11) 아이가 어머니의 '팔뤼스로서 존재'한다는 것은 어머니의 일부분으로서 존재하는 것을 의미하며 이때 아이는 아버지처럼 '팔뤼스'를 '소유'하고 자율적으로 욕망하는 것이 불가능하다. 흔히 말해 '거세'라는 것은 이러한 아이를 더 이상 어머니의 '팔뤼스'로 머무르지 못하도록 어머니의 품으로부터 떼어냄으로써 어머니와 아이 사이의 심적인 탯줄을 자르는 것을 의미한다.

는 '팔뤼스적인 존재' 는 '이상적 자아' 의 모습이, 다시 말해 상상세계에서 어머니와의 융합 속에서 꿈꾸었던 어머니의 '팔뤼스' 에 동일시된 모습이, 초자아에 의해 지지받는 '자아의 이상형' 으로 전환된 존재 형태를 띤다. 이때 이상적인 형상은 '상징적' 질서 체계의 지지를 받는 이상적인 아버지 모습에 의해 표상되는 것이다. 여기에 진정한 창조적 승화의 의미가 있다 할 것이다.

혁명은 이상을 지향하는 상상계를 의식적인 삶의 표면으로 부상시키는 일이라고도 할 수 있다. 이것은 상상세계 속에서 감성으로 느끼는 것을 새로운 언어 공간으로 건축하려는 시적 창조 작업과 유사한 형태를 띠고 있는 것 같다. 혹시, 그는 감옥 속에서의 격리된 삶 속에서─기성 세계 질서와의 결별만이 새로운 세계를 열게 한다─ 매 순간 태어나는 시적 자아의 창조 작업과 함께 영웅으로 새로이 탄생했던 것은 아닐까. 그리고 우리의 무의식과 육체와 함께 그의 시를 읽으면서 느끼는 감동은, 바로 우리 모두가 단념했어야 했던, 억압된 최초의 욕망들이 시적 언어에 자극 받아, 그것에 화답하며, 우리의 내면 가장 깊숙한 곳에 미세한 떨림을 일으키는 것을 의미하지 않을까.

이 글에서, 우선 우리는 정신분석적인 입장에서 김남주에게 시를 쓰고 읽는다는 것이 어떤 무의식적인 의미를 갖는가, 그리고 그것이 우리의 무의식에 어떻게 작용하는가를 살펴보았다. 이것은 그가 시 속에서 어떻게 시인인 동시에 혁명 전사로 존재할 수 있는가 하는 문제의식에서 출발하였는데, 이 문제에 접근하는 과정에서 우리는 그의 예술적인 승화 현상에 주목하는 기회도 가졌다. 또한, 김남주 시의 충동적이고 때로는 파괴적인 표현들이 분출시키는 역동성이 어떤 형태로 독자들에게 감동을 불러일으키는가를 이해하려고 노력했다. 우리는 이러한 문제들을 '팔뤼스'의 개념을 토대로 설명하였으며, 그 속에서 영웅적인 시적 자아의 탄생 과정 또한 관찰할 수 있었다.

　이러한 분석 과정 속에서, 우리는 우리의 접근 방식이 때로는 애매하고 때로는 위험스럽다고 느끼기도 했다. 그것은 그의 시를 분석하면서 그의 무의식으로 접근하려는 유혹을 느낄 때였다. 그리고 그것은 특히 시인이 자신의 시 속에 '나'로서 직접 등장할 때였다. 시인이 자신의 창작품 속에서 자신의 시 세계와 삶의 내력에 대해 언급할 때, 우리는 그를 이해하기 위해 그 내용들을 이용할 권리를 갖고 있다. 그러나 우리는 한 시인을, 그리고 여기서는 김남주를 이해한다는 것이 무엇인지에 대해 물어보아야 한다. 그것은 분명, 인간 김남주가 아닌 시인 김남주의 시를 더욱 잘 이해하기 위한 바탕을 마련하는 것을 의미한다. 그러한 이유로, 우리는 표면적으로 강력하게 드러나는 그의 혁명가적 측면이 다른 시적 효과들과 어떻게 조화를 이루는가 하는 점을 부각시키려고 노력했다. 그리고 자신의 가족사를 배경으로 한 그의 시들을 인간 김남주의 영역에서 떼어내어 그의 시 세계 속에, 더 정확히 말하자면 우리가 그의 시들을 통해 주관적으로 재구성한 세계 속에, 통합시키려고 노력했다.

　그러나 하나의 일관된 세계를 구축한다는 것은, 그것이 아무리 감수성을 바탕으로 하는 문학 세계에서 벌어지는 일일지라도,

융통성 없는 경직된 그물망을 조직하는 결과를 초래하는 위험성도 있다. 지금까지 김남주의 시에 대한 독서가 가졌던 한계를 극복하기 위해 시작되었던 이 독서가 여전히 같은 한계 속에 남아있거나, 아니면 새로운 한계를 드러낸 것이 아닌가 하는 우려에서 하는 말이다. 그러나 그의 시 표면이 드러내는 정치성에도 불구하고 그것과는 전혀 다른 차원에서 그의 시에 접근할 수 있는 가능성을 타진했다는 점에서, 그리고 그의 시가 불러일으키는 감동이 무의식에 뿌리내리고 있으며 그것을 정신분석적인 관점에서 좌표를 짚어볼 수 있었다는 점에서, 우리의 시도는 분명히 의의가 있는 것이었다. 그러나 이 모든 것에도 불구하고, 그의 시들을 새로운 감정으로 다시 읽으면서 그 속에서 또 다른 세계를 새로이 발견하도록 노력하지 않으면 안 될 것이다. 그러기 위해서는 우리가 먼저 그의 시에서 그의 혁명적인 영웅의 모습을 주제로 하여 전개했던 연상의 그물에서 벗어나야 할 것 같다. 그리고 그의 시에서 분출되는 역동성에 다시 한 번 우리의 육체와 우리의 무의식을 접목시켜야 한다는 당위성을 실감하고 그러한 독서를 실천해야 한다.

이 글을 마감하는 방법으로, 그리고 그의 시를 새롭게 독서하려는 우리의 의지를 표현한다는 의미에서 그의 문단 데뷔 작품들 중에 「잿더미」의 첫 번째 소절과 마지막 소절에 잠시 머물기로 하겠다. 김남주 자신은 「시집 『鎭魂歌』를 읽고」에서 이 시집 속에서 노동과 싸움을 노래하지 않는 미지근한 시를 썼다고 부끄러워하며, 자신의 시를 부정했다. 그러나 이 시는 미학적으로, 그는 부르주아적이라고 하겠지만, 가장 성공한 작품들 중에 하나인 것 같다.

이 시 속에서 구사되는 수사학적인 기교는 독자들을 시 속으로 들어오도록 부추기는 커다란 힘을 갖는다.

꽃이다 피다
피다 꽃이다
꽃이 보이지 않는다
피가 보이지 않는다
꽃은 어디에 있는가
피는 어디에 있는가
꽃속에 피가 잠자는가
핏속에 꽃이 잠자는가

통사적으로 과감하게 생략된 시구들의 반복적인 연속은 어떤 절박한 기다림을 떠올린다. 우리는 이 시의 목소리가 그토록 애절하게 찾는 꽃과 피가 무엇을 의미하는지 아직 알 수 없다. 다만 시가 진행되면서 꽃은 영혼의 이상이자 열망이며, 피는 그 열망을 실현하려는 육신의 비등하는 에너지라는 것을 짐작할 따름이다. 절규하는 목소리는 대답 없는 질문을 독자에게 계속 던진다. 반복적으로 던져지는 그 질문들은 허무와 죽음의 잿더미와, 그리고 암흑과 폐허의 절망이 갖는 깊은 의미가 무엇인가를 독자에게 집요하게 묻는다. 이러한 질문들을 통하여 독자가 느끼는 이 시의 흡인력은 마지막 소절에서 절정에 이른다.

꽃이여 피여

피여 꽃이여

꽃속에 피가 흐른다

핏속에 육신이 보인다

꽃속에 육신이 보인다

핏속에 영혼이 흐른다

꽃이다 피다

피다 꽃이다

그것이다!

    꽃과 피와 영혼과 육신이 한데 어울려 완전히 융합되면서 분
해될 수 없는 역동적인 덩어리가 되고, 아주 짧은 문장들의 연속
에 의해 리듬이 속도 있게 진행되면서 독자의 호흡도 점점 빨라
진다. 그리고 마지막으로 시의 목소리가 지르는 외마디, "그것이
다!"는 이 시의 절정에서 의미의 낭떠러지를 느끼게 한다. 아무
런 수식어도 없이 터진 이 외침은 시적 공간 외의 모든 세계와 분
리된, 가파른 공간에 던져진 정답 없는 수수께끼일 뿐이다. 우리
는 "그것"이 어떻게 생긴 것인지 상상조차 할 수 없다. 다만 이
세상 어딘가에, 그것도 바로 우리의 눈앞에 존재한다는 것밖에
모른다. 만약 우리가 혁명 시인으로서 김남주만을 염두에 둔다
면, 그리고 그의 다른 작품들이 환기하는 것들을 이 시에 대한 독
서에 끌어들인다면 그 대답은 간단하다. 그것은 혁명이며 싸움
을 위한 민중의 함성이며 봉기일 것이다. 그리고 그것은 영웅의
도래일 것이다. 그러나 시인의 정치적 입장으로부터 자유로운

상태에서 오직 이 시만을 음미하려는 독자들은 "그것"이 무엇인지 단숨에 말할 수 없다. 깊이 생각하고 느끼고 자신을 들여다보고 그리고 처음부터 다시 이 시를 읽으면서 고민할 수밖에 없다. 어쩌면, 김남주는 "그것"이 우리에게 주는, 우리가 이 글을 시작하며 떠올렸던, 염무웅의 표현을 다시 빌리자면, "딱히 무어라 이름할 수 없는" 이 감동을 "빳빳하게 일어서는 그 아랫도리의 물질"이 일으키는 홍분에 비유할지도 모른다. 우리는 그것과 같은 것을 느낄 수도 있고, 그것을 다른 방법으로 느낄 수도 있다. 이로부터 진지한 독서는 시작되고, 우리는 말 하나하나 곱씹고 맛보면서 분석하고 해석할 것이다. 그리고 그러한 과정을 따라 각자, 시의 언어에 기대어, 나름의 환상세계를 하나씩 펼치게 될 것이다.

우리의 이성을 단숨에 무방비 상태에 빠뜨리는 이 한마디의 외침은 절정에 선 그 무엇이 갖는 현혹적인 위력을 갖는다. 이것을 '팔뤼스의 현혹'이라고 부를 수 있을까. 말하자면, 이름조차 부칠 수 없는, 상상조차 할 수 없는 절대자의 압도적인 현현epiphany 앞에서 왜소한 '나'가 얼어붙는 것처럼, 그리고 그것이 반사하는 아우라aura의 광채 때문에 나의 의식이 눈멀게 되는 것처럼. 그리고 오직 나의 억압된 무의식을 사는, 그리고 나의 최초의 삶을 구성하였고 이제는 나의 내면 깊숙한 곳에 살아 있으면서 간간이 그 존재의 신호를 내 의식의 표면으로 띄우는, 그 무의식의 아이의 시선만이 그것을 감지할 수 있는 것처럼. 여기서 우리의 무의식 가장 밑바닥에서 우리의 모든 욕망의 실체를 구성하는, 그리고 우리의 온몸을 통하여 전파되는 그 원초적이고 거대한 어떤 절대적인 힘이 "그것"에 연결되어 있을 것이라고 짐작하는 것으로 만족하자. 그리고 이렇게 시작된 독서를 미래를 향하여 열어두자.

언급된 김남주의 시집

『진혼가』, 청사, 1984
『나의 칼 나의 피』, 인동, 1987
『사랑의 무기』, 창작과비평사, 1989
『옛 마을을 지나며』, 문학동네, 1999
『나와 함께 모든 노래가 사라진다면』, 창작과비평사, 1995

저
자

강신애 1996년『문학사상』으로 등단했으며, 시집『서랍이 있는 두 겹의
방』『불타는 기린』이 있다.

고영민 1968년 충남 서산에서 태어났다. 2002년『문학사상』으로 등단
했으며, 시집『악어』『공손한 손』이 있다.

고운기 1961년 전남 보성에서 태어났다. 1983년 〈동아일보〉 신춘문예
로 등단했으며, 시집『밀물 드는 가을 저녁 무렵』등이 있다.

공광규 1986년『동서문학』신인상으로 등단했으며, 시집『말똥 한 덩
이』『소주병』등이 있다. 2011년 현대불교문학상을 수상했다.

권혁소 1984년『시인』으로 등단했으며, 시집『論介가 살아 온다면』『수
업시대』『반성문』『다리 위에서 개천을 내려다 보다』『과업』등
이 있다.

김경윤 전남 해남에서 태어났다. 1989년『민족현실과 문학운동』으로
작품활동을 시작했으며, 시집『아름다운 사람의 마을에서 살고
싶다』『신발의 행자』등이 있다. 현재 김남주기념사업회 회장으
로 있다.

김두안 2006년 〈한국일보〉 신춘문예로 등단했으며, 시집『달의 아가
미』가 있다.

김병호 2003년 〈문화일보〉 신춘문예로 등단했으며, 시집『달 안을 걷
다』가 있다. 현재 협성대학교 문예창작학과 교수로 있다.

김사이   2002년 『시평』으로 등단했으며, 시집 『반성하다 그만둔 날』이
        있다.

김성규   2004년 〈동아일보〉 신춘문예로 등단했으며, 시집 『너는 잘못
        날아왔다』가 있다.

김수열   1982년 『실천문학』으로 등단했으며, 시집 『어디에 선들 어떠
        랴』 『신호등 쓰러진 길 위에서』 『바람의 목례』 『생각을 훔치다』
        등이 있다. 제4회 오장환문학상을 수상했다.

김승강   2003년 『문학 · 판』으로 등단했으며, 시집 『흑백다방』 『기타 치
        는 노인처럼』이 있다.

김은경   2000년 『실천문학』으로 등단했다.

김주대   1989년 『민중시』, 1991년 『창작과 비평』으로 작품활동을 시작
        했으며, 시집 『도화동 사십계단』 『꽃이 너를 지운다』가 있다.

김태형   1970년 서울에서 태어났다. 1992년 『현대시세계』로 작품활동
        을 시작했으며, 시집 『로큰롤 헤븐』 『히말라야시다는 저의 괴로
        움과 마주한다』 『코끼리 주파수』가 있다.

김해자   1998년 『내일을 여는 작가』로 등단했으며, 시집 『무화과는 없
        다』 『축제』 등이 있다. 전태일문학상, 백석문학상을 수상했다.

문동만   1994년 『삶 사회 그리고 문학』으로 작품활동을 시작했으며, 시
        집 『나는 작은 행복도 두렵다』 『그네』가 있다.

박남준   1957년 전남 법성포에서 태어났다. 1984년 『시인』으로 등단했으
        며, 시집 『그 숲에 새를 묻지 못한 사람이 있다』 『다만 흘러가는 것
        들을 듣는다』 『적막』 『그 아저씨네 간이 휴게실 아래』 등이 있다.
        2004년 거창 평화인권문학상, 2011년 천상병 시상을 수상했다.

박두규 1985년 '남민시' 창립 동인으로 작품 활동을 시작했으며, 시집
       『사과꽃 편지』『당몰샘』『숲에 들다』가 있다.

박설희 2003년 『실천문학』으로 등단했으며, 시집 『쪽문으로 드나드는
       구름』이 있다.

박성우 2000년 〈중앙일보〉 신춘문예로 등단했으며, 시집 『거미』『가뜬
       한 잠』『자두나무 정류장』이 있다. 2007년 신동엽창작상을 수
       상했다.

박준   1983년 서울에서 태어났다. 2008년 『실천문학』으로 등단했다.

박해람 1968년 강원도 강릉에서 태어났다. 1998년 『문학사상』으로 등
       단했으며, 시집 『낡은 침대의 배후가 되어가는 사내』가 있다.

백무산 1955년 경북 영천에서 태어났다. 1984년 『민중시』로 작품활동
       을 시작했으며, 시집 『만국의 노동자여』『인간의 시간』『거대한
       일상』『그 모든 가장자리』 등이 있다.

서효인 1981년 광주에서 태어났다. 2006년 『시인세계』로 등단했으며,
       시집 『소년 파르티잔 행동 지침』『백 년 동안의 세계대전』이 있
       다. '작란' 동인으로 활동 중이다.

손택수 1998년 〈한국일보〉 신춘문예로 등단했으며, 시집 『호랑이 발자
       국』『목련 전차』『나무의 수사학』이 있다.

송경동 1967년 전남 벌교에서 태어났다. 2001년 『내일을 여는 작가』와
       『실천문학』을 통해 작품 활동을 시작했으며, 시집 『꿀잠』『사소
       한 물음들에 답함』이 있다. 제12회 천상병 시상, 제29회 신동엽
       창작상을 수상했다.

신동옥 2001년 『시와반시』로 등단했으며, 시집 『악공, 아나키스트 기
       타』가 있다.

안상학 1988년 〈중앙일보〉 신춘문예로 등단했으며, 시집 『안동소주』
       『오래된 엽서』『아배 생각』 등이 있다. 현재 권정생어린이문화
       재단에서 일하고 있다.

우대식 1965년 강원도 원주에서 태어났다. 1999년 『현대시학』으로 등
       단했으며, 시집 『늙은 의자에 앉아 바다를 보다』『단검』이 있다.

유종인 인천에서 태어났다. 1996년 『문예중앙』에 시, 2003년 〈동아일
       보〉 신춘문예에 시조, 2011년 〈조선일보〉 신춘문예에 미술평론
       이 당선되었으며, 시집 『아껴 먹는 슬픔』『교우록』『수수밭 전
       별기』『사랑이라는 재촉들』이 있다.

유희경 1980년 서울에서 태어났다. 2008년 〈조선일보〉 신춘문예로 등
       단했으며, 시집 『오늘 아침 단어』가 있다.

윤의섭 1994년 『문학과사회』로 등단했으며, 시집 『말괄량이 삐삐의 죽
       음』『천국의 난민』『붉은 달은 미친 듯이 궤도를 돈다』『마계』
       가 있다. 2009년 애지문학상을 수상했고, 현재 대전대학교 국어
       국문 · 창작학부 교수로 있다.

이강산 1989년 『실천문학』으로 등단했으며, 시집 『세상의 아름다운 풍
       경』『물속의 발자국』 등이 있다.

이기인 2000년 〈경향신문〉 신춘문예로 등단했으며, 시집 『알쏭달쏭 소
       녀백과사전』『어깨 위로 떨어지는 편지』가 있다.

이민호 1994년 〈문화일보〉 신춘문예로 등단했으며, 시집 『참빗 하나』
       『피의 고현학』이 있다. 현재 '거와 미' 동인, '리얼리스트100'
       회원, 서강대학교 국어국문학과 대우교수로 있다.

이병률   1995년 〈한국일보〉 신춘문예로 등단했으며, 시집 『당신은 어딘
         가로 가려 한다』『바람의 사생활』『찬란』이 있다. 제11회 현대
         시학작품상을 수상했다.

이봉환   1988년 『녹두꽃』으로 작품활동을 시작했으며, 시집 『조선의 아
         이들은 푸르다』『해창만 물바다』『내 안에 쓰러진 억새꽃 하나』
         가 있다.

이영광   1998년 『문예중앙』으로 등단했으며, 시집 『직선 위에서 떨다』
         『그늘과 사귀다』『아픈 천국』이 있다.

이영주   1974년 서울에서 태어났다. 2000년 『문학동네』로 등단했으며,
         시집 『108번째 사내』『언니에게』가 있다.

이정록   1964년 충남 홍성에서 태어났다. 1993년 〈동아일보〉 신춘문예
         로 등단했으며, 시집 『정말』『의자』 등이 있다. 김수영문학상,
         김달진문학상을 수상했다.

이진희   2006년 『문학수첩』으로 등단했다.

이하   2005년 『실천문학』으로 등단했으며, 시집 『내 속에 숨어 사는
         것들』이 있다.

임동확   1959년 광주에서 태어났다. 시집 『매장시편』을 펴내면서 작품
         활동을 시작했으며, 이후 시집 『살아있는 날들의 비망록』『운주
         사 가는 길』『벽을 문으로』『처음 사랑을 느꼈다』『나는 오래전
         에도 여기 있었다』 등이 있다. 2008년 영랑시문학상을 수상했
         고, 현재 한신대학교 문예창작과 겸임교수로 있다.

임성용   1965년 전남 보성에서 태어났다. 1992년 『삶글』로 작품활동을
         시작했으며, 시집 『하늘공장』이 있다. 2002년 제11회 '전태일
         문학상'을 수상했다.

장철문   1966년 전북 장수에서 태어났다. 1994년 『창작과비평』으로 작품활동을 시작했으며, 시집 『바람의 서쪽』『산벚나무의 저녁』『무릎 위의 자작나무』가 있다.

정끝별   1988년 『문학사상』 신인 발굴(시), 1994년 〈동아일보〉 신춘문예(평론)로 등단했다. 시집 『자작나무 내 인생』『흰 책』『삼천갑자 복사빛』『와락』 등이 있다. 2004년 유심작품상, 2008년 소월시문학상을 수상했으며, 현재 명지대학교 국어국문학과 교수로 있다.

정우영   1960년 전북 임실에서 태어났다. 1989년 『민중시』로 작품활동을 시작했으며, 시집 『마른 것들은 제 속으로 젖는다』『집이 떠나갔다』『살구꽃 그림자』가 있다.

조정   2000년 〈한국일보〉 신춘문예로 등단했으며, 시집 『이발소 그림처럼』이 있다. 2011년 거창 평화인권문학상을 수상했다.

진은영   2000년 『문학과사회』로 등단했으며, 시집 『일곱 개의 단어로 된 사전』『우리는 매일매일』이 있다. 2010년 현대문학상을 수상했고, 현재 이화여자대학교 탈경계인문학단 HK 연구교수로 있다.

차주일   1961년 전북 무주에서 태어났다. 2003년 『현대문학』으로 등단했으며, 시집 『냄새의 소유권』이 있다.

천수호   2003년 〈조선일보〉 신춘문예로 등단했으며, 시집 『아주 붉은 현기증』이 있다.

최금진   2001년 제1회 '창비신인시인상'에 당선되었으며, 시집 『새들의 역사』『황금을 찾아서』가 있다. 2008년 '제1회 오장환문학상'을 수상했다.

최종천 1954년 전남 장성에서 태어났다. 1986년『세계의 문학』, 1988년
『현대시학』에 시를 발표하며 문단에 나왔다. 시집『눈물은 푸르
다』『나의 밥그릇이 빛난다』『고양이의 마술』이 있다. 2002년
제20회 신동엽창작상을 수상했다.

표성배 경남 의령에서 태어났다. 1995년 제6회 '마창노련문학상' 으로
등단했으며, 시집『개나리 꽃눈』『공장은 안녕하다』『기찬 날』
등이 있다.

함기석 1992년『작가세계』로 등단했으며, 시집『국어선생은 달팽이』
『착란의 돌』『뽈랑공원』이 있다.

허수경 1964년 경남 진주에서 태어났다. 1987년『실천문학』으로 등단
했으며, 시집『슬픔만한 거름이 어디 있으랴』『혼자 가는 먼 집』
『내 영혼은 오래되었으나』『청동의 시간 감자의 시간』『빌어먹
을, 차가운 심장』이 있다.

황성희 1972년 경북 안동에서 태어났다. 2005년『현대문학』으로 등단
했으며, 시집『엘리스네 집』이 있다. '21세기전망' 동인으로 활
동 중이다.